【朗報】
俺の許嫁になった地味子、家では可愛いしかない。2
男子って、ほんといやらしい
（……家でだったら……見せたげるのに）
花（学校）
ゆうか」
地味で目立たない同級生女子。
プールサイドでもクールな
性格に見えるけど、
家に帰ると……

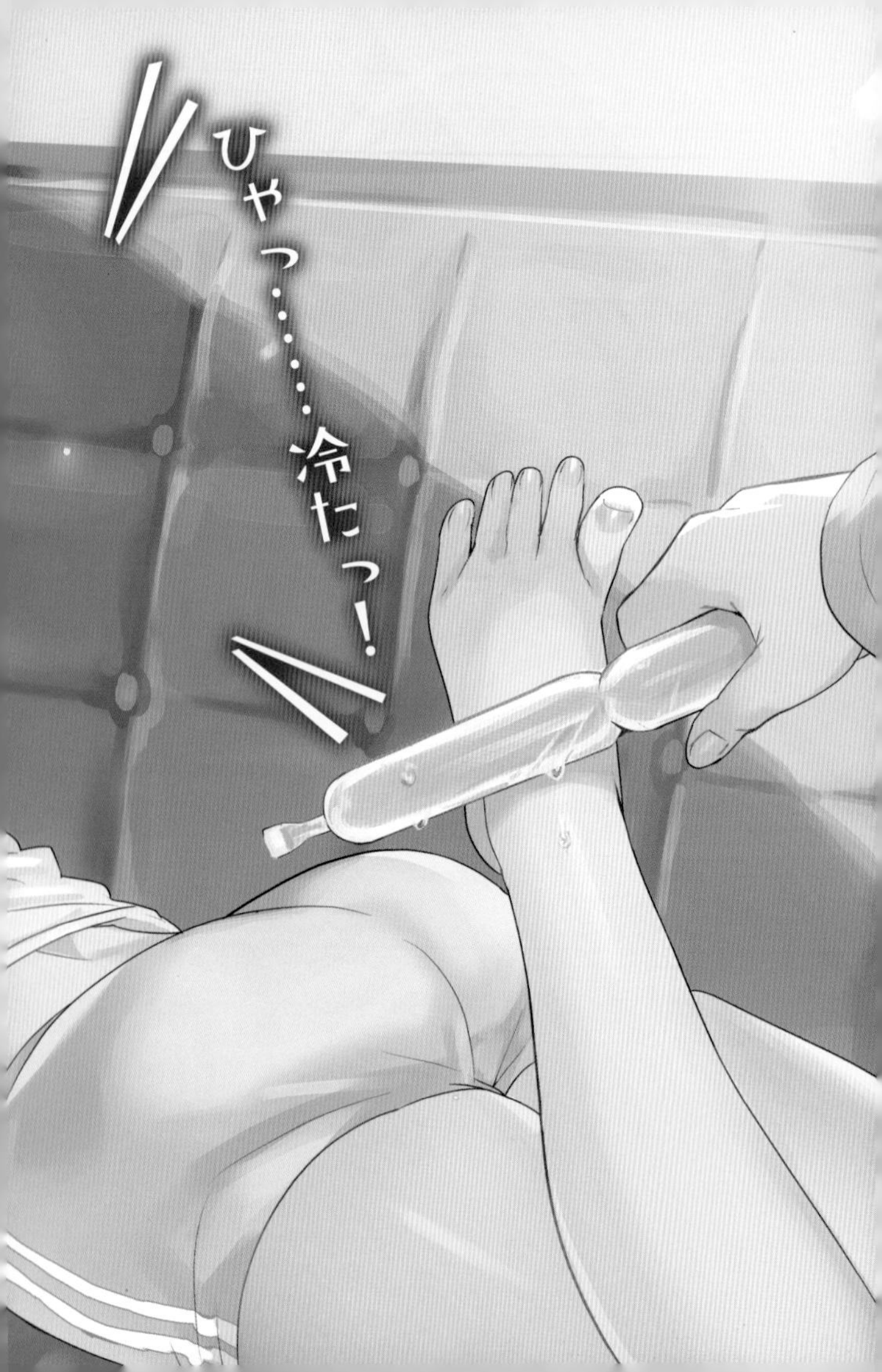
ひゃっ……冷たっ！

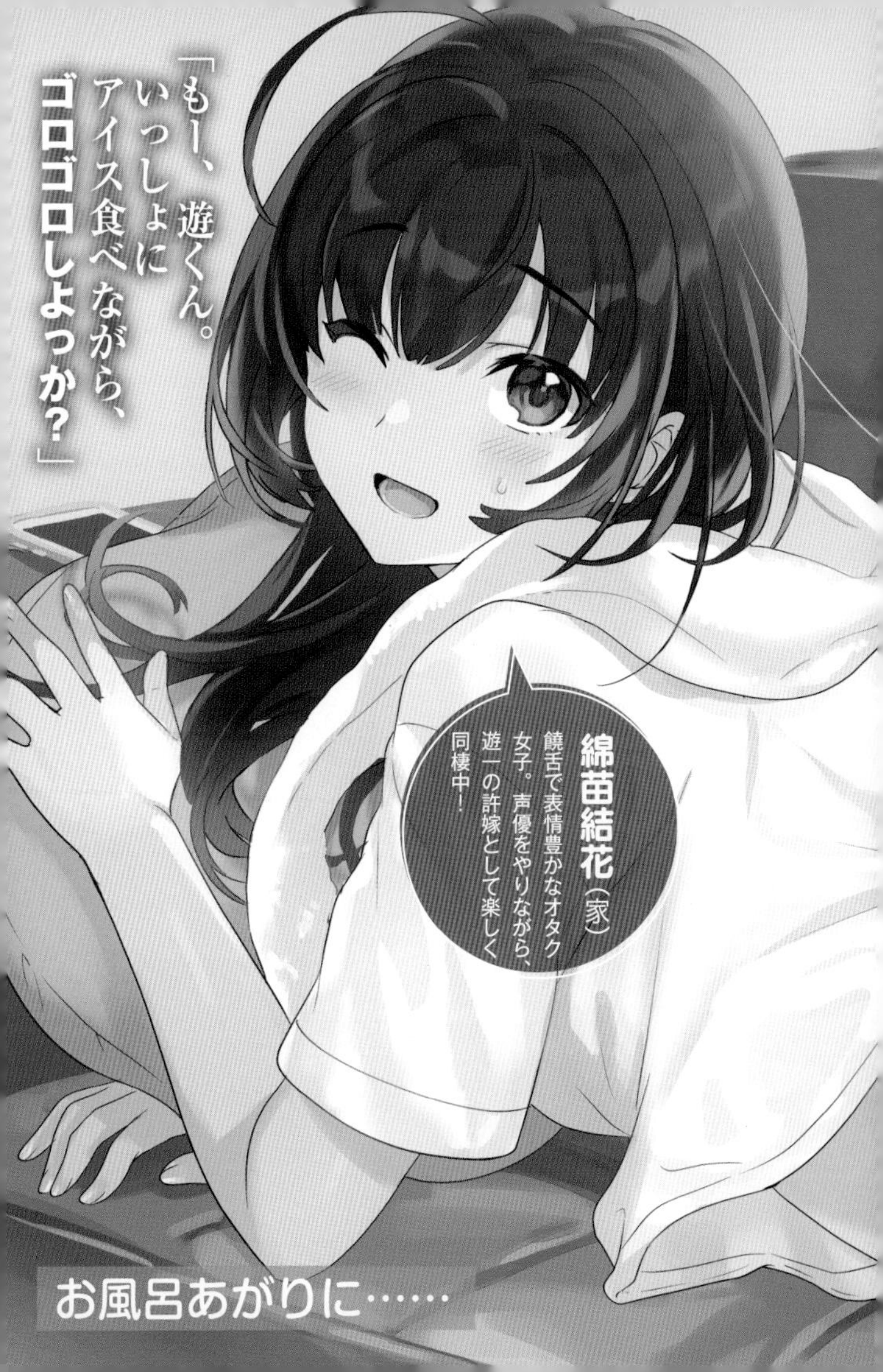
「もー、遊くん。いっしょにアイス食べながら、ゴロゴロしよっか？」
綿苗結花（家）
饒舌で表情豊かなオタク女子。声優をやりながら、遊一の許嫁として楽しく同棲中！
お風呂あがりに……

童貞を殺す服
「どう？ 遊くん。ドキっとする？」
遊くんのために頑張ったけど……

ネコちゃん装備
「遊くん……にゃーお」
ちょっと、やりすぎちゃったかも⁉

勝負しない？

「線香花火、どっちが先に消えるか。
負けた方は、勝った方に――」

「そろそろ夏だね」
「今日も楽しい1日になりそう！」
1学期もそろそろ終わりか。結花と過ごして、もう数か月経つんだな。
そうだよ！　今回はデートに出掛けたり、校外学習でキャンプをしたり、お祭りに行ったり……えへへっ。遊くんと一緒だと、毎日が楽しいことばっかりだね。

【朗報】俺の許嫁になった地味子、家では可愛いしかない。2

氷高 悠

ファンタジア文庫

3087

口絵・本文イラスト　たん旦

c o n t e n t s

第1話　【続報】俺の許嫁《いいなずけ》が可愛《かわい》すぎるんだけど、どうしたらいい？

「ふぅぅぅ‼　遊一《ゆういち》、見たか⁉　世界はついに、らんむ様のものとなるんだあああ‼」

昼休みの教室。

購買のパンを頰張ってる俺の正面で、マサが変な声とともに立ち上がった。

さすがにこれは、他人のふりしたい。

「おい、遊一！　目を逸《そ》らしてんじゃねぇぞ……らんむ様の輝かしい未来からよぉ‼」

「目を背けてるのは、お前の醜態からだよ」

マサ――倉井雅春《くらいまさはる》とは中学時代からの腐れ縁だけど、ここまでひどいシチュエーションは初めてかもしれない。

見ろよ、教室中の「うわぁ」って視線を。

だけどマサは、そんなことなど意にも介さず、ツンツンヘアを触ってヘラヘラしてる。

黒縁眼鏡の下の眼光は、なんか無駄に鋭いし。

「ねーねー佐方《さかた》ぁ。倉井となぁに、はしゃいでんのさぁ？」

「はしゃいでるのはマサだけだよね⁉」

「机くっつけて喋《しゃべ》ってんのに、一人だけ無罪はないっしょー」

そう言ってけたけた笑うのは、こちらも同じ中学出身の二原桃乃《にはらもものの》。

茶色く染めたロングヘア。

うっすらメイクもしていて、目元はぱっちり。

ブレザーは着崩してるもんだから、胸元の主張がとても激しい。

端的に言うと――ギャルっぽい人だ。

「佐方も今のやんないのぉ？　世界はついに、なんとかかんとかのー、ってやつ」

やらないし、お願いだから仲間換算しないでほしい。

俺はマサみたいに、自分の感情をみんなに晒《さら》すタイプじゃないから。

なんとなーくクラスにいる、あんまり目立たない男子……そんな立ち位置にいるのが、俺には合ってる。

三次元女子や陽キャは苦手だから……できるだけ、深く関わらずに生きていきたい。

「マサ、お前の気持ちは分かった。だけどな、そんなに大騒ぎすると、『アリステ』を知らない周りがどう思うかを……」

「そうひがむなよ、遊一。俺の推しだけが『八人のアリス』に選ばれたからって」

――――カチン。

「マサ……推しでマウント取るとか、『アリステ』ファンとして地に堕《お》ちたな。そういう言動が、お前の推しのイメージを悪くすることに気付けよ」

「あぁん？　遊一……俺の悪口は、いくら言われてもかまわないけどなぁ。らんむ様を侮辱するのは許さねぇぞ‼」

「ちょっ、何語⁉　てか、喧嘩《けんか》しないの、もー」

二原さんがやんわり止めに入るが、俺たちは止まらない。

俺もマサも、自分の悪口なら我慢できる。

だけど、推しを悪く言われるのだけは許せない。

推しの名誉を傷つけられたら……俺たちは、戦わずにいられないから。

『八人のアリス』――それは、『ラブアイドルドリーム！　アリスステージ☆』の人気投票上位に選ばれた、八人のアリスアイドルたち。

百人近いアイドルに、フルボイス実装。

美麗なイラスト。魅力的なキャラ。頻繁に開催されるイベント。

キャラ名はすべて声優の名前と同じで統一されていて、メディア展開も目白押し。

大手企業が社運を懸けた最高のソーシャルゲーム――それが『アリステ』だ。

そんな『アリステ』で、以前までの『神イレブン総選挙』から刷新された『第一回　八人のアリス投票』が、最近開催された。

その六位に選ばれたのが、マサの推し——らんむちゃん（CV：紫ノ宮《しのみや》らんむ）だ。

「らんむ様はなぁ……俺の夢なんだよ！」

「なんで泣いてんの、倉井⁉」

涙ながらに叫ぶマサを見て、動揺する二原さん。

「らんむしゃまが、これまで努力を続けた功績……それがアリステユーザーに届き、『八人のアリス』に選ばれた。こんなシンデレラストーリー……神じゃねぇか、遊一」

「シンデレラになるだけが、アリスアイドルのすべてじゃないだろ……マサ」

「って、佐方も泣いてんじゃん⁉　何この状況⁉」

二原さんの言うとおり、いつの間にか俺の視界もぼやけていた。

らんむちゃんが、努力を続けてきたこと。それは理解してる。

だけど、同じくらい頑張ってる少女を、俺は知ってるんだ。

『八人のアリス』には全然手が届かないけど——俺にとっての『唯一のアリス』。

「マサ、お前がなんと言おうと……俺のアリスは、ゆうなちゃんだけなんだ」

ゆうなちゃん（CV：和泉《いずみ》ゆうな）――それは俺の女神。

中三の冬。三次元女子にフラれ、それがクラス中に知れ渡り、絶望から不登校に陥った俺に……無邪気な彼女は、生きる希望を与えてくれた。

茶色いツインテールにきゅるんとした口元。愛の詰まった豊穣《ほうじょう》の胸。

キャラ人気は、正直まだまだ下だけど……。

俺にとっては、彼女こそがナンバーワンなんだ。

「遊一……俺……お前に、ひどいことを……」

「マサ……分かって、くれたのか……」

俺とマサは、ガシッと握手を交わし合う。

二原さんが怪訝《けげん》な顔で俺たちを見てるけど、気にしない。

だって俺たちは、互いの推しの名誉のために戦った……戦友なんだから。

「――静かに、したら？」

そうして騒いでいた俺たちに、怜悧《れいり》な一言が突き立てられた。
底冷えするようなその声に、おそるおそる振り返る。
そこには——クラスメートの綿苗結花《わたなえゆうか》が立っていた。
ポニーテールに結った黒髪。校則をきちんと守った着こなしのブレザー。
体格は小柄で、ほっそりとしている。
細いフレームの眼鏡の下には、少しつり目がちな瞳。
その眼光は鋭く、恐ろしいほどの無表情も相まって、なんだろう……凄《すご》い迫力。
「迷惑。高校生らしい行動をして」
「は、はい……」
マサが蛇に睨《にら》まれた蛙《かえる》のように、急に小さくなる。
二原さんは「さっすが綿苗さん——‼」と、きゃっきゃしてる。
そして俺は——何も言えないまま、彼女のことを見ていた。
そんな俺の視線に気付いたのか、彼女はちらっとこちらを見て。
すぐに視線を逸らして、呟《つぶや》いた。
「と、とにかく……昼休みにしても、騒ぎすぎ」
ちょっとだけ柔らかい口調でそう言うと、『綿苗結花』は自分の席へと戻っていった。

「わ、綿苗さん、おっかねぇな……」

「あんなに騒ぐっからっしょ。まぁ、でも……なんでも包み隠さず言い合える二人の関係、いいなって思うよー？　うち、そういうの憧れるわー」

「何言ってんだよ。二原はいつも、思ったことなんでも、みんなに言ってんだろ」

「そんなだから、倉井はモテないの。女の子にはね……誰だって秘密があるもんなのさ」

マサと二原さんがひそひそ話してるのを聞いてて――胸がちょっと痛むのを感じた。

ごめんな、マサ。

誰にも言えない秘密は……何も女子だけじゃなくって。

お前にも言えないような秘密が、俺にもあるんだよ。

『アリステ』が大好きなお前だからこそ――なおさら。

綿苗結花が、実は――ゆうなちゃんの声優『和泉ゆうな』で。

学校ではお堅くて目立たないコミュ障な子だけど、素になると無邪気な天然さんで。

しかも俺の許嫁で、同棲《どうせい》生活を送ってるなんて。

まぁ……言ったところで、信じてもらえないだろうけど。

◆

「遊《ゆう》くん、めっ！」

家に帰ってすぐ、結花がじっと睨んでくるけど……学校と違って、まるで怖くない。

ブレザーから着替えた、部屋着の水色ワンピース。

ポニーテールをほどいて、肩甲骨《けんこうこつ》あたりまでストレートに流れている黒髪。

それほど視力が悪くないのもあって、外出するとき以外は眼鏡を外してるんだけど。

そうするとなぜか、つり目が垂れ目にフォームチェンジしちゃう。

こんな可愛い風貌を、怖がれという方が無理な相談だ。

「あんなに『アリステ』のことで、騒いだらだめでしょー。もー‼」

「そんなに注意されること？　そりゃあ確かに、うるさかったかもだけど……」

「遊くんが友達と騒いでるのは、別にいいのっ！　論点はそこじゃないもん‼」

「そうなの？」

俺が首をかしげると、結花はぷーっと頰を膨らませた。

「あんなに大声で、ゆうなのこと褒めちぎったら――恥ずかしいじゃんよ、ばかっ‼」

「え、そこ⁉」

思わぬ方向からの注意に、変な声を出してしまう俺。

そんな俺の胸を、結花はぽかぽかと叩《たた》いてくる。

「ばーか、ばーか。最近の遊くんは、調子乗りすぎなんだよー」

「何その言い掛かり⁉　俺はいつもどおり、ゆうなちゃんを愛しながら、結花と穏やかな毎日を過ごしたいと努めて――」

「愛が凄いの！　遊くんのゆうな愛が大きすぎて、潰されちゃうってば‼」

そう言って結花が、俺に一枚の便箋を渡してきた。

■ペンネーム『恋する死神』より■

ゆうなちゃん、こんにちは！　ついに待ちに待った、『八人のアリス投票』ですね。

僕は投票開始と同時に、投票を終えました。誰に入れたか……それは秘密です。

ヒントは、いつだって笑顔が眩《まぶ》しくて、ちょっと天然で無邪気だけど、誰よりも頑張り屋さんな――そんな大好きな女の子です。

勝っても負けても、僕は変わらずその子を応援しています。誰よりも愛している、そんな――彼女を。

「……なんだ。俺が送った、ゆうなちゃんへの応援メッセージじゃない。これが一体、どうしたっていうのさ？」

「直接言えばいいじゃんよ！　一緒に暮らしてるんだから!!」

「いや、だって。ゆうなちゃんに、ゆうなちゃんへの想《おも》いを伝えるには、ゆうなちゃんに手紙を送るしかないじゃない？」

「しかない、じゃないよ！　ここ、ここ!!　ここにゆうなの、中の人がいるんですー!!」

結花は頬を膨らませたまま便箋をひったくると、丁寧に封筒に仕舞った。

そして、ちらっと俺のことを見て。

「……ゆうなにこんな顔させて、ぜーったい許さないもんっ！　罰として……好きって百回言ってよ、ばーか!!」

「ごふっ」

大量の吐血。俺は死んだ。

だって今のは、ゆうなちゃんの新イベントのクライマックス、その完全再現。

アミューズメント施設に遊びに行って、『彼女の好きなところを百個言おう』っていう企画に参加することになった主人公が――ゆうなちゃんのことを、褒めちぎった。

それで照れ死にそうになったゆうなちゃんが、思わず放ったのがこの最萌《さいもえ》セリフだ。

初めて聞いた日、俺は夜中に三時間リピートした。

それから一日三回、繰り返し聞き続けてる。

そんなセリフを面と向かって言われたら……恥ずかしいっていうか、悶々《もんもん》とするっていうか。とにかく、脳が壊れそう。

なんなの？　殺す気なの、この子？

「罰として、好きって百回言ってよ！　ばーか‼」

「結花。ごめん。本当にごめん。だから、もうやめ――」

「好きって言えー、ばかばかー‼」

既にHPは0だってのに、萌《も》え攻撃で死人に鞭打《むちう》ってくる結花。

ちょっと楽しくなってきたのか、なんかドヤッとした顔してるし。

こうなったら、こっちだって……。

「ど、どう遊くん？　反省した？　人が恥ずかしがることを、やりすぎたら――」

「好き」

「ふぇ⁉」

俺の口から零《こぼ》れ落ちた言葉に、今度は結花が動揺する。

あたふたと両手を振って、おろおろ顔を動かして。

「ちょっ、ちょっと待ってってば！　今のは、ゆうなのセリフを引用して、反省を促しただけでね？　別に本当にやってほしいわけじゃ――」

「好き。好き。好き。好き」

「ぎゃあああああ⁉」

それはたとえるなら、言霊《ことだま》による除霊。

結花は叫ぶと同時に転んで、床の上でなんかじたばたしてる。

……ちょっと楽しいな、これ。

「どう結花、反省した？　人が恥ずかしがることを、やりすぎたら駄目だって」

「もういいからっ！　分かったからっ‼　これ以上そんな甘い言葉を囁《ささや》かれ続けたら、私の脳が壊れちゃ――」

「好き。好き。好き。好き。好き。好き好き好き好き好――――」

「ふにゃあああああああ⁉」

——一時間後。俺は床に正座させられていた。

ソファに座って腕を組んだ結花は、リンゴみたいな真っ赤な顔のまま、唇を尖《とが》らせて俺を睨んでいる。

「……遊くん。途中から、ちょっと面白がってたでしょ？」

「……でも、もとはと言えば結花が、ゆうなちゃんボイスで俺を萌え殺そうとしたから」

「んーと……だから？」

「萌え殺されたら、やり返す。倍萌え返しってやつ？」

「倍どころじゃなかったんですけどっ⁉」

そう、これは——外ではお堅くて地味だけど、家ではちょっぴりおばかな綿苗結花の。

和泉ゆうなとして頑張ってるけど、家ではただの小動物な綿苗結花の。

俺——佐方遊一の許嫁《いいなずけ》になった、綿苗結花の。

ドタバタな日々の物語だ。

第2話　【教えて】今日がなんの日か、分かる人いる？

「問題ですっ！　さて遊《ゆう》くん、今日はなんの日でしょーかっ？」

学校から帰ってきて、リビングのソファに寝そべってマンガを読んでいると。

なんか突然、結花《ゆうか》がクイズを出してきた。

顔を向けると、腰に手を当てたポーズで、やたらドヤッとした顔してる結花。

んー……今日？

なんかあるか、今日？

俺も結花も誕生日ってわけじゃないし。

『アリステ』の新規イベントがはじまったわけでもないし。

『アリステ』がリリースされた記念日？　……いや、リリース日は冬だしな。それに、そんなの俺が気付かないわけがない。

駄目だ、まったく思いつかない。

「残り十秒だよー」

「いや、思いつかないんだけど本気で。明日だったら、七夕だけど……」

「ああー、惜しい！　もう一声だよ遊くん‼　七夕の前日といえば？」

「七夕の前日といえば？　七月六日？　え、なんかある？」

「七月六日！　それそれ！　いいところまで来てるよっ‼」

いやいや。七月六日は、ただの事実でしかないでしょ？

ひたすら頭をフル回転させる俺。それでも、何も思いつきやしない。

もうどうしようもないので、俺はおそるおそるギブアップ宣言。

「ごめんなさい、降参です。正解はなんなの、結花？」

「ふっふっふっ。正解はね……でけでけでけでけ、じゃんっ！」

なんか自分でドラムロールっぽい声を出しはじめた。

やたらテンション高いな、うちの許嫁。

とかなんとか考えてると、結花は人差し指を立てて、得意げな顔で言った。

「今日はなんと、なんと……私が遊くんの許嫁になった、三か月の記念日でした‼　きゃー、ぱちぱちー‼」

――――なるほど。

それは当てられないわ、絶対。

なんか一人で大盛り上がりしてる結花を見ながら、俺は努めて冷静に返す。

「言われてみれば、初めて会ったのが始業式の日だったもんな。確かにちょうど三か月だけど……そこまで盛り上がることなの？」

「盛り上がるよ、三か月だよ⁉　アニメの一クールが終わるくらい、一緒にいたってことだもん。そんなの……嬉《うれ》しいに決まってるじゃんよ！」

そう言って頰に手を当てる結花は、とろけたみたいな笑顔。

そんな嬉しそうな顔を見てたら……なんかこっちの方が恥ずかしくなってくる。

「ま、まぁ……三か月、なんだかんだで早かったね。三次元女子と一緒に暮らして、こんなに長く持つなんて、正直思ってなかった」

「まだまだ、これからの方が長いよー？　なんたって私は、いずれ遊くんのお嫁さんに……生涯の伴侶になるんだもんね‼」

当たり前のようにそう言って、結花が澄んだ瞳で俺のことを見る。

水色のワンピースの肩のあたりで、さらさらの髪が揺れている。

結花の頰が、少しだけ赤い気がするけど。

……多分、俺も同じような顔してるんだろうな。

普通だったら恥ずかしくて言えないような言葉でも、結花はいつだってストレートに口にする。

そんな素直な結花だからこそ。

三次元女子が苦手な俺でも、一緒にいて安心できるんだと思う……多分。

「あー！　遊くん、なんでそっぽ向くのさー？」

恥ずかしくてつい視線を逸《そ》らした俺をめざとく見つけると、結花はぐいぐいっと腕を引っ張ってきた。

結花の体温がじかに伝わってきて、余計に落ち着かないんだけど。

「もー、遊くんってばー。三か月記念日が盛り上がるのは、まだこれからなんだよ？」

「まだこれから？　って、何するつもりなの？」

「ふっふっふー……それは言えないなぁー」

ちらっと結花の顔を見ると、口元をきゅるんとさせて、わざと視線を逸らした。

かと思うと、ちらっとこっちを見てくる。

だけど視線が合うと、また視線を逸らして。

ちらっ。

——わざとだな、これ。

俺に気にしてほしい空気がばりばり伝わってきて、思わず笑ってしまう。

「気になるから教えてよ、結花」

「もー、しょうがないなー、遊くん」

結花の要望どおり尋ねると、結花は得意げな顔で、くるりとこちらに向き直った。

そして、無邪気な顔で笑って。

「三か月を記念して——お祝いパーティーしようよ、遊くん！」

◆

そんなわけで。

七月六日の婚約三か月記念日を祝うため、パーティーを開く流れになった。

……普通、三か月刻みでお祝いするのか？

このペースだと、アニメが一クール終わるたびに、記念日が来ることになるんだけど

……まぁ割と本気でやりそうだな、結花なら。

無邪気な許嫁の顔を思い浮かべて、俺はつい苦笑してしまう。

――ゆうなちゃんも、こういうことしそうだよな。

やっぱり結花は、和泉《いずみ》ゆうな。

キャラが中の人に似るのか、中の人にキャラが似るのか、分かんないけど……リンクするところが多いなって思う。

「えっと、クラッカー、クラッカー……」

結花が家でパーティー用の豪勢な料理を作ってる間に、俺はパーティーグッズの買い出しのため、量販店に来ていた。

盛大にお祝いしたいって言ってたし、取りあえずクラッカーはいるよな。

後はなんだろ……音楽が流れてくる感じのグッズとか？

普段パーティーとかしないし、自分のセンスが合ってるのか自信ないけど。

取りあえず目の前にある、顔の描かれた花の置物を触ってみる。

『きゅんぴょこー』

気の抜ける声を出しながら、花の置物はうねうねと踊りはじめた。

……なんか違うな、これ。

そうして、俺がアゴに手を当てて考え込んでいると。

『ボイスバレット【フェアリー】――チャーミングフェアリー!!』

い、今のは――和泉ゆうなの音声？

無機質な音声の後に聞こえてきたのは、確かに和泉ゆうなの声だった。

なんか、変な技名みたいなのを叫んでたけど。

なんだろうと思い、俺は音声の聞こえた店の奥へと移動する。

そこには――――。

「うりゃ！」

『ボイスバレット【ヒート】――デッドブレイズ』

なんかゴツい銃のおもちゃを店内でかまえてる、クラスのギャル――二原《にはら》さんがいた。

引き金を引くと、先ほどと違う音声が聞こえ……って今の、紫ノ宮《しのみや》らんむの声だな⁉

なにあの、『アリスアイドル』が変な技名を唱える、妙な武器は？

「……あ」

ボーッと考えながら見ていると、銃をかまえた二原さんとバッチリ目が合った。

そして、少しの間を置いて。

「あ、ああー！　誰かと思えば、佐方《さかた》じゃーん‼　どしたの、こんなとこで⁉」

「いや、普通に買い物だけど……二原さん、なんでそんな焦《あせ》ってんの？」

「べ、別に焦ってないし！　うちもただ、買い物に来てただけだよ‼」

「そうなの？　なんか……コスモミラクルマン？　の武器持――」

「これは仮面ランナーボイスの武器『トーキングブレイカー』、コスモミラクルマンの武器じゃないよ。同じ特撮番組の括《くく》りだけど」

「はい？」

何語？

そんな俺の反応を見て、二原さんはハッとした顔になる。

「あー……うちってほら、ちっちゃい子と遊ぶの、得意じゃん？　こないだのボランティアみたいにさ。だからわりかし、特撮的なの？　詳しいんだよ！」

あー……確かに、郷崎《ごうさき》先生に頼まれた保育園のボランティアで、子どもとノリノリでコスモミラクルマンごっこしてたもんな。

いつも『精神的お姉さん』とか言って俺にかまってくるくらいだから、ひょっとしたら年の離れた弟でもいるのかもしれない。

……って、それはいいとして。

「二原さん、その銃――なんか色んな女の人の声、聞こえてこなかった？」

「ん？　ああ。仮面ランナーボイスは、声を武器に戦うんだよ。この声霊銃《せいれいじゅう》『トーキングブレイカー』に、マイク型アイテムをスキャンして引き金を引くと、色んな『声』が流れてきて。んで、その声のタイプによって、攻撃の属性が変わるんだよ。こんな感じ」

『**ボイスバレット【ブレイク】――オイルショック！**』

今度は掘田《ほった》でるの声じゃん。

なんなの、アリスアイドルとコラボでもしてるの？

「どしたの、佐方？　そんなジッと見て……あ。い、今の説明も、ちょっと子どもとかから聞いて、知ってる的なやつだかんね？」

いや、分かってるけど。どうしたの、そんな早口に？

――ブルブルッ♪

そんなやり取りをしてると、ポケットの中でスマホが振動した。

『遊くん、ごめーん！　焼き肉のたれ、切れちゃってた……お願いしていいかな？』

なるほど。今日は焼き肉か。

俺は『了解だよ』とだけ返すと、スマホをポケットにしまう。

「じゃあ、二原さん。俺、ちょっとスーパーの方に寄って帰るから……」

「あ、そっか。佐方って確か、一人暮らしなんだもんね？　自炊とかすんだね？」

「ま、まぁね」

「あんなに調理実習、ヤバいのしか作んないのに」

「ま、まぁ……食べれないわけじゃないし」

結花との同棲《どうせい》がバレないよう、言葉に気を付けながら答える俺。

それに対して、二原さんはなんか知らないけどアゴに手を当てて考え込み――ポンッと手を打った。

「んじゃ、今度うちがご飯作りに行ったげるよ！　こう見えて、うちは意外と料理得意なんだかんね？」

「え⁉　い、いや、別に大丈夫だよ⁉」

「遠慮しないでってぇ。そうだなぁ……もうすぐ夏休みだし、そしたら遊びに行く！　んで、めっちゃおいしいの、作ったげるよ。男子の心を摑《つか》むには胃袋からって言うしね！」

俺の心を摑んで、一体どうしたいんだ。このギャルは。

というか、家には結花がいるから、マジでそういうのは勘弁してほしい。

これ以上、変な方向に話が進まないよう、俺は会話を打ち切って、地下にあるスーパーへ移動しようとする。


――――けど。

どうしても、二原さんの持ってる銃だけが……気になって頭から離れない。

◆

「じゃーん！　結花特製、パーティーメニューだよー‼」

食卓に並べられたのは、卓上のホットプレートで準備された焼き肉。

……だけじゃなくて、ステーキとか、お寿司《すし》とか、ローストビーフとか。

尋常じゃない量と種類の料理が、所狭しと置かれていた。

「……多すぎじゃない、さすがに？」

「ふっふっふー。まだまだ、こんなもんじゃないよ！」

得意げな様子でキッチンの方に引っこむと、結花はお皿に載ったケーキを持ってきた。

「……え？　それ、ひょっとして手作り？」

「うん！　お菓子はあんま得意じゃないから、おいしくなかったら、ごめんね？」

ホワイトクリームで作られたそのケーキは、大げさじゃなく――お店に置いてあっても
おかしくないような見栄《みば》えだった。

そして、ケーキの上に置かれたチョコレートプレートには、クリームでメッセージが。

『これからもよろしくね、遊くん☆』

「……ありがとね、結花」

小さな声で独《ひと》り言《ご》ちて、俺はクラッカーを結花に渡した。

そして、いっせーので、の掛け声で。

「三か月おめでとー、遊くん‼」

『**ボイスバレット【フェアリー】――チャーミングフェアリー‼**』

「ぎゃあああああ⁉」

クラッカーの代わりに、俺は仮面ランナーの銃を鳴らしてみたんだけど……なんか結花が、物凄《ものすご》い絶叫した。

そして、俺から銃を奪い取ると。

「な、なんでこれ……買ってきてんの、遊くん⁉」

「逆に考えて？　これ、アリスアイドルの声が収録されてるんでしょ？　そんなものをノーチェックだった自分が、むしろ恥ずかしい……当然、即買いだったよ」

「アリスアイドルとは関係ないから！　この作品のメインキャラに掘田さんが声を当ててるから、私は事務所のバーターで一種類だけ収録……っていうか、普通に私、制作会社から貰《もら》った一個が家にあるのに！　わざわざ買ってまで、こんな辱《はずかし》め……もぉー‼」

そっか。ゆうなちゃんとは関係なかったのか。

でもまぁ……結花が声優として頑張ってる証拠だし。

俺としては、買ってよかったって思うけどな。

まぁ、それはともかく。

三か月記念おめでとう——結花。

第3話　【急募】七夕の短冊《たんざく》の正しい書き方

「よーしっ、お前ら！　席につけー‼」

ガラッと教室の扉を開けて、担任の郷崎熱子《ごうさきあつこ》先生が入ってきた。

談笑に耽《ふけ》っていたクラスメートたちが、いそいそと自分の席に戻っていく。

そしていつもどおり、郷崎先生がホームルームを開始した。

「お前ら、今日がなんの日か、知ってるか？　じゃあ、二原《にはら》」

「えー？」

急になんだって顔をしながら、二原さんが唇に手を当てて答える。

「んっと、七夕っしょ？」

「そう、七夕だ。それじゃあ綿苗《わたなえ》。七夕がどんな日かは分かるか？」

「はい」

結花《ゆうか》がゆっくりと立ち上がり、眼鏡をくいっと上げ直した。

「天の川に阻《はば》まれた織姫《おりひめ》と彦星《ひこぼし》が、年に一度だけ巡り逢《あ》える日……と認識しています。風習としては、笹《ささ》や竹に短冊を吊《つ》るし願い事を記すことが挙げられるかと思います」

さすがは、学校での綿苗結花。

表情ひとつ変えず、模範解答を言ってのけて——家では想像もつかないほど、近寄りがたい雰囲気を醸《かも》し出していた。

家だと話し好きで、ただただ人懐《ひとなつ》っこい子なのにな。

「そんなことをボーッと考えてると、郷崎先生が楽しそうに笑った。

「そんな七夕をみんなで楽しもうということで、生徒会が七夕企画の準備をしたそうだ。校庭に笹が置いてあるだろ？　思い思いの願い事を短冊に書いて、あそこに吊るしてくれ。匿名でもかまわないってことだからな」

窓から校庭を見ると、結構な大きさの笹が用意されていた。

学校を巻き込んでイベントをやろうとか、生徒会って陽キャだよな……俺には絶対務まらないやつだ。

そして……サインペンを持って、俺は配られた短冊と睨《にら》めっこをする。

俺の願い事、か。

「佐方《さかた》、めっちゃ考え込んでんじゃん。ウケるー」

パッと顔を上げると、二原さんがこっちを見て、けらけら笑っていた。

「二原さん、もう書き終わったの？」

「うん。うちの願いは、いつだって──ひとつだかんね」

そう言って突き出された短冊には、『**世界平和**』とでかでか書かれている。

「えっと。二原さん……ふざけてんの？」

「ふざけてないしー。これがうちの、真面目な願い事だっての」

「ヒーローみたいなことを……ああ、ヒーローと言えば。この間、お店でおもちゃ──」

「ほら、佐方も早く書きなって！　お喋《しゃべ》りしてないでさ‼」

自分から話し掛けてきたのに……相変わらずギャルの考えは、まるで理解できない。

まぁ……人に理解してもらえなくても、自分の中で譲れない願いなら。

俺にもあるな──確かに。

短冊を持って校庭に出ると、既にたくさんの生徒たちがわらわらと笹の周りに集まっていた。

そんな中、俺はふっと──自分の書いた短冊に視線を落とす。

『彼女が幸せになれますように』

誰にもバレないよう、『彼女』の名前は伏せたし、記名も当然していない。

――ゆうなちゃん。

目を閉じればいつだって、俺に笑顔と元気を与えてくれる、次元を超越した最高のアイドル。

毛先がくるっとした、茶色いツインテール。

可愛《かわい》い彼女に似合う垂れ目。猫みたいにきゅるんとした口元。

ピンク色のチュニックに、チェックのミニスカートと黒のニーハイソックス。その隙間に生まれる絶対領域は、艶《なま》めかしくてドキドキする。

そんな、俺の女神――ゆうなちゃんは。

俺の脳内で、はにかむようにニコッと笑って。

――遊《ゆう》くーんっ！　今日も一緒に、アニメでも観《み》よ？

俺はハッと、目を開けた。

だって今の声は、ゆうなちゃんだけど、ゆうなちゃんじゃなくって。

かといって、声優の和泉《いずみ》ゆうなってわけでもなくって。

――そう。

家で無邪気に笑ってる、俺の許嫁《いいなずけ》……結花の声だったから。

「何、してるの？」

後ろから抑揚のない声でそう言われて、俺はハッと我に返った。

振り返った先にいるのは――学校仕様の、綿苗結花。

「後ろがつかえてるから、早めに」

「あ。うん……ごめん」

そそくさと笹に短冊を吊るすと、俺は結花に順番を譲った。

そして、教室に戻ろうと歩き出したところで……なんだか嫌な予感を覚える。

……結花、まさか変なこと書いてないよな？

勝手に見るのは申し訳ないと思いつつも、俺は振り返って――じっと目を凝らして、結花の短冊を見た。

『遊くん大好き　二年A組　綿苗結花』

俺は慌てて笹に飛びつくと、結花が吊るした短冊を奪い取った。

結花は一瞬、目を丸くしたけど……すぐにいつもの真顔に戻って。

「佐方くん。返して」

いやいやいやいや⁉　こんな短冊、駄目に決まってるよね⁉

周囲の様子を窺《うかが》いつつ、俺と結花はささっと、グラウンドの隅にある大木の裏側に移動した。

「……ちょっと、遊くん。それ返してってば。私の一番の、お願いなんだから」

「えっと……ツッコミどころ多すぎて、頭痛いんだけど。まずこれさ、お願いとかじゃないよね？　結花の感想だよね？」

「でも、本当に思ってるんだもん……」

「仮に思ってたとしてもね？　丁寧に記名までしてこんなの吊るしたら、どうなると思うの？　『綿苗さんの好きな遊くんって誰⁉』って噂《うわさ》になって、すぐに拡散されるよ」

噂の力を、なめちゃいけない。

「そこから万が一、俺と結花が同棲《どうせい》してるなんて知れ渡ったら……凄《すさ》まじい騒ぎになるでしょ？　しかも結花は、声優・和泉ゆうなでもあるんだから。周りの目は気にしないと危ないって」

若手女性声優にとって、男性とのスキャンダルは致命的だ。

つい先日、彼氏との同棲が発覚した女性声優が、ネットで大炎上したのを思い出す。

これまでファンだった人間が、手のひらを返したように叩《たた》き出すあんな地獄を――頑張り屋な結花には、絶対に味わわせたくない。

結花の許嫁『佐方遊一《ゆういち》』としても、ゆうなちゃんの一番のファン『恋する死神』としても……そう思う。

「で、でも！　短冊に嘘《うそ》なんて書いたら、天罰で悪いことが起きるかもじゃんよ……」

「はい？」

思いもよらない切り口だったもんだから、俺は無意識に変な声を出してしまう。

そんな俺を上目遣いに見つつ、結花はキュッと唇を噛《か》み締めた。

「だから私は、ちゃんと名前を書いて、『遊くん大好き』の気持ちを天の川まで届けたいんだってば」

「……えっと。織姫と彦星は、神かなんかなの？」

「――佐方。こんなとこにいたの？」

突然声を掛けられて、俺と結花は慌てて距離を取った。

そして、おそるおそる振り返る。

「あれ？　なんで綿苗さんもいんの？」

「……たまたま」

急に無表情になった結花が、眼鏡を直しつつ淡々と言ってのけた。

あからさまに怪しいけど……険しい顔をしてる二原さんは、それどころじゃないって感じで気にも掛けてない。

そんな二原さんの手に握られてるのは……俺の短冊だった。


『彼女が幸せになれますように』（要約：ゆうなちゃんが幸せになれますように）

◆

俺に短冊を取られて、じっとこちらを見てる結花。

結花の短冊を後ろ手に隠して、じっと二原さんを見てる俺。

そして——俺の短冊を持って、珍しく真面目な顔をしてる二原さん。

——何、この状況？

「まずはごめん、佐方……勝手に短冊《たんざく》、見ちゃってさ」

「あ、いや……まぁ、うん」

「うちが悪いのは承知で、聞いちゃうけど……この、『彼女』って」

はい、『アリステ』のゆうなちゃんです。

そう即答できたらいいんだけどね。

マサと推し争いしたときは騒いじゃったけど——コミュ力低めな俺は基本、オタクだって公言して噂になるのが嫌だから、おおっぴらに言いたくない。

「やっぱ、そっか」

俺が無言でいると、何に納得したのか、二原さんが小さく頷《うなず》く。

そして、ふぅとため息を漏らして。

「いい加減、忘れなって。そんで新しい恋でもはじめて、テンション上げてくべきっしょ。

こーいうのはさ」

「……………はい？」

二原さんが苦言らしきものを呈してきたけど……ごめん。ぜんっぜん、ピンとこない。

それをどう解釈したのか知らないけど、二原さんは再度ため息を吐《つ》いた。

「そんな顔しちゃってさ……やっぱ、まだ残ってるっしょ？　佐方の心に、あいつが」

「どいつ？」

「はぐらかすなってーの。だーかーら……来夢《らいむ》のことだってば」

来夢。

その名前を聞いた瞬間、全身の血が一気に引いていく感覚を覚えた。

古傷が疼《うず》き出す。

中二病的に言えば、「鎮《しず》まれ、俺の封印されし右腕！」って感じ。

「『来夢が幸せになれますように』……なんてさ。佐方、マジ話だけど、来夢のことは忘れた方がいいって」

正確に言えば、君が思い出させたんだけどね。

本気で、ゆうなちゃんのことしか考えてなかったし。

野々花《ののはな》来夢――それは忘れもしない、中三の頃に好きだったクラスメートの名前だ。

痛々しいくらい、『オタクで陽キャ』として生きていた俺が。

調子に乗って、自分がイケてるだなんて思い込んでた俺が。

フラれるなんて、夢にも思わず――コクった相手。


「なぁ。俺たち……付き合わないか？」

「えっと……ごめんね。それは、できないんだ」


そして玉砕した俺の噂は、翌日にはクラス中に広まっていて。

いじられて、からかわれて、登校拒否になって。

地獄のどん底に堕《お》ちたところを、ゆうなちゃんという女神に救い出してもらった。

そんな、ガチの黒歴史を象徴する人物――それが、野々花来夢だ。


「……ほら。佐方、めっちゃ泣きそうな顔、してるし」

誰のせいだよ、誰の。

まったく悪気がない分、よりたちが悪いな、この陽キャなギャルは。

「んー、でも……そんな簡単にゃいかないよね。うん、分かるよ。お姉さんは」

「だから、誰がお姉さんなんだって。同い年でしょ」

「精神的お姉さんたる、この二原桃乃《ももの》——佐方のために、一肌でも二肌でも、脱いであげるよ！」

「頼んでないんだけど、本当に⁉」

　はっきりと断ってるのに、一度火のついたギャルは止まらない。

「おっけ、おっけ。やっぱ恋を忘れるにゃ、新しい恋だわ。よーし、うちは決心した！　佐方が笑顔になれるよう、うちがめっちゃ愛したげようっ‼」

「いや、だから頼んでなくてね？」

「この間も約束したけど、夏休みにはめっちゃ最高のご飯、作ったげるから！　それから添い寝して、頭なでなでして——もう赤ちゃんみたいにしたげっから‼」

「だから、頼んでな——むぎゅ⁉」

　最後まで言い切る前に、顔に何かを押し付けられて、俺は呼吸すらままならなくなる。

　なんともいえない、甘い香り。

　柔らかくて、温かくて、気持ちぃ……。

　——って、これ駄目なやつじゃね⁉

「むぎゅ、むぎゅ……ぷはぁ⁉」

　全力でもって、自分の顔を何かから引き剝がし、息を吸い込む。

その眼前には、案の定——たわわに実った、二原さんの胸があった。

着崩したブレザーの隙間から谷間まで見える、その魅惑の胸元。

二原さんはギュッと腕をよじって、胸元を強調させる。

「ほらぁ……佐方？ うちに好きなだけ甘えてさ。愛を山盛り感じてさ。嫌な過去なんて……まとめて吹っ飛ばしちゃおってぇ」

「求めてない、求めてないから！ っていうか俺は、マジでもう来夢のことは……」

「不純異性交遊」

氷点下の一声が、俺と二原さんのドタバタ会話を、一瞬でぶった切った。

おそるおそる顔を向けると——恐ろしいほど冷え切った目をした、結花の姿が。

「ゆう……綿苗さん？」

「ここは学校。好きとか恋とか、浮ついた会話をするべき場ではないわ」

短冊に『遊くん大好き』って書いた人が、なんか言ってる。

「あ、ごめん綿苗さん……そだね。学校だもんね、ここ」

結花の言葉で一気にトーンダウンした二原さんは、とことこと校舎に戻っていった。

そして、残ったのは——俺と結花。

「えっと。あのね、結——」

「……遊くんの、ばーか」

二原さんがいなくなった途端、結花のＩＱがぐんと下がった。

そして結花はぷくっと頬を膨らませて。

さっき『不純異性交遊』とか言ってた人とは思えないテンションで、ぽつりと呟《つぶや》いた。

「……家に帰ったら、私といちゃいちゃした方が幸せだって、分からせてやるもん」

第4話　七夕だし、俺の黒歴史でも晒《さら》していこうと思う

七夕の件でドタバタとした一日が終わって、帰宅すると。

俺と結花《ゆうか》は、ソファで隣り合って座ったまま、無言でコーヒーを啜《すす》っていた。

「…………」

「…………」

結花の見た目は、既に家仕様。

ポニーテールをほどいた髪は、毛先がふわっと広がっていて。

眼鏡がないと垂れ目になるから、年齢より幼く見える。

無防備な部屋着から覗《のぞ》く胸元や肩は、艶《なま》めかしくて。

すべすべの白い脚線美は、靴下を履いてないのもあって、一際《ひときわ》目を惹《ひ》く。

「えっと、結花……」

「うわーん、遊《ゆう》くんのばかー!!」

俺が口火を切った途端、結花が爆発したかのように声を上げた。

そして、ぶんぶんと両腕を振り回しながら、俺のことを上目遣いに睨《にら》む。

「やっぱり大きい方がいいんじゃんよ！　二原《にはら》さんみたいに‼」

「いやいやいや、言ってないよねそんなこと⁉　っていうか結花、そのこと気にしすぎじゃない⁉」

「うー……だってさ。ほら、大は小を兼ねるっていうし」

それ、多分こういう場面で使う言葉じゃない。

なんだろう、コンプレックスでもあるのかな、胸のサイズに。

そんな俺の目の前で、結花は唇を尖《とが》らせたまま、気にするように自分の胸をもにゅもにゅと……。

「って、やめてやめて、それ！」

「なんで？　私の胸じゃ、満足できないから？」

「違うよ！　変な気分になるから、やめてって言ってんの‼」

サイズとか関係なく、女子が自分の胸をもにゅもにゅしてるところなんて見たら、高校生男子は強すぎる刺激で死んでしまう。色んな意味で。

――ピリリリリリッ♪

そんなタイミングで、俺のスマホが着信音を鳴らしはじめた。

「うわっ⁉」

俺は結花に背を向けて、電話に出る。

「もしもし」

『はぁ……兄さん、なんで毎回ワンコールで出ないわけ？　育ちが悪すぎだし』

開口一番、ありえない罵倒を浴びせてくるのは、俺の妹——佐方那由《さかたなゆ》。

海外赴任になった親父《おやじ》のもとで生活を送ってる、中学二年生。

ちなみに我が家に、母親はいない。

何年前だったか、離婚して家を出て以来、俺や那由とも音信不通。

って……そこまでの育ちは、俺も那由も一緒だよな？

なのに育ちが悪いって、理不尽じゃね？

『なんで黙ってんの？　マジないわ。久しぶりに電話をしてくださった妹様に、気の利《き》いた一言くらい言えし』

「あ、ああ……久しぶり」

『うわ、マジなさすぎ。そんなセリフ、猿でも言えるし』

「それは言いすぎじゃね？」

『うわ、言い返してきた。これ、セクハラっしょ。やば……身内にハラスメンターがいるとか』

初めて聞いたな、ハラスメンター⁉

だけど確かに、せっかく電話をくれた妹に、ちょっとよそよそしすぎたかもしれない。

その反省を活《い》かして、俺は再び口を開く。

「元気にしてるか？　いつぶりだろうな……こうして話すのは」

『え、きも。無理』

全否定だった。

「な、なんでだよ⁉　こっちは久しぶりだから、気を遣ってだな……」

『生理的にヤバい。マジな話、もっとしっかり、妹への愛が伝わるようにするべし』

「あ、愛って……お前、何言ってんだよ？　恥ずかし――」

『兄さんこそ、何マジで受け取ってんの？　ウケるマジ』

電話切ってやろうかな、そろそろ本気で。

好き勝手すぎる愚妹の態度に、ため息を吐《つ》いてると。

「えっと、遊くん……その電話ひょっとして、二原さん？」

さっきまで二原さん絡《がら》みの話をしていたからか。

結花がありえない方向の勘違いを、口にしてきた。

「いや、そんなわけないよね？　今まで二原さんからの電話とか、なかったでしょ？」

「じゃあ、んっと……来夢《らいむ》、さん？」

「それはもっとないでしょ⁉」

必死に否定しようとするけど、結花はアゴに手を当てて、なんか名探偵みたいな顔でぶつぶつ呟いてる。

「……そっか。遊くんは『ゆうな』に宛てた短冊《たんざく》って言ってたけど……それ自体がミスリードで、二原さんの言ってた『来夢』さん宛てが正しい？　そうなると、このタイミングでの電話……やっぱり来夢さんか！」

「何がやっぱりなの⁉　推理にもなってないでしょ⁉」

『……兄さん、うっさいんだけど。来夢？　あのクソ女の話なんか、なんで結花ちゃんとしてるわけ？』

「まぁ話せば長くなるんだけど……ひとまずさ。スピーカーに切り替えるから、お前が誰なのか、結花に伝えてくれない？　揉《も》め事になる前に」

『はぁ？　うざ……まぁ、いいけど』

そして俺はスピーカーボタンをオンにして、スマホをテーブルの上に置いた。

結花が真面目な顔で、スマホの画面を覗き込む。

そして、すぅっと息を吸い込んで――。

「あの、私は綿苗《わたなえ》結花って言います。あなたは、誰ですか？」

『……我が名は、野々花《ののはな》来夢。佐方遊一《ゆういち》の心を奪った、淫靡《いんび》な悪魔なり』

結花の絶叫が、家中に響き渡った。

那由……次に会ったとき、本気で覚えとけよ。

◆

『ごめんって、結花ちゃん……マジ反省してるし』

「那由ちゃんのばかっ！　やっていいことと、悪いことがあるでしょ、もー‼」

『えっと、その……』

「もう、絶対にこういういたずらしちゃ、だめだからね？　分かった、那由ちゃん⁉」

『……はい。ごめん、なさい……』

あの傍若無人で自由奔放な那由が、完全にしおらしくなってる。

さすがは結花。俺や親父じゃ、こうはできないわ。

感心してる俺のそばで、結花がしゅんっとなった。

耳をだらんとした子犬みたい。

「……ごめんね、遊くん。なんか私の推理、全然違ってたね。焼きもちさんで、ごめん」

「まぁ、確かに迷推理だったけど……大丈夫だよ、分かってくれれば」

お互いにぺこりと頭を下げてから。

俺たちは顔を見合わせて、にこっと笑いあった。

『……これも全部、野々花来夢って奴《やつ》の仕業なんだ』

スピーカー仕様になってるスマホから、那由の邪悪な声が聞こえてきた。

『あたしはただ、日本は七夕だし、ちょっと電話でもかけたげるかって思っただけなのに……あのクズ女のせいで……結花ちゃんに、怒られたし』

「結花に怒られたのは、お前が変ないたずらしたからだよね？」

至極まっとうなツッコミをしたのに、那由はまさかのスルー。

「ねぇ、遊くん。その、来夢さんって人のこと。もう……なんとも思ってないの？」

「ああ。正直、二原さんに言われるまで、何も意識してなかったよ」

『そりゃそうだわ。あんな悪魔、記憶から抹消すればいいし』

やさぐれた声で、那由がぼやくのが聞こえた。

そんな那由に向かって、結花が話し掛ける。

「ねぇ、那由ちゃん。そんなに嫌うほど……その、来夢さんとのことって、ひどかったの？　あれだよね、遊くんが……三次元との恋愛を、嫌になったっていう」

『──あれは兄さんが、中三の頃だった』

「ちょっと待て、お前⁉　なんで回想シーンみたいなテンションで、俺の過去を語り出してんの⁉」

『今日の揉め事だって、兄さんがちゃんと結花ちゃんに説明してないから、大ごとになったっしょ？　いい加減、黒歴史と向き合えし』

いや、言ってることは分かるよ？

だけどさ、黒歴史を暴露される側の気持ちにもなってくれない？　本当に。

『そう、中三の頃の兄さんは──』

そして那由は、俺の意見を全無視して──結花に、俺の黒歴史を語りはじめた。

うちってさ、両親が離婚してるっしょ。
離婚して母親がどっか行っちゃってから、父さんはヤバいくらい落ち込んで。
なんか兄さんもあたしも、結婚ってマジないわーって、なっちゃったんだよね。
まぁ——それとはまた別ベクトルで、兄さんもマジなかったわけ。

中学のときの兄さんは、なんだろ……調子乗ってた的な？
そうそう、自称『オタクだけど陽キャ』ね。その時点で痛くてウケる。
そうやってイケてると思ってた兄さんもアレなんだけど。
それに拍車を掛けてたのが……名前も呼びたくないけど。
『野々花来夢』って、男たらしの悪魔なわけ。

中三の冬までは、兄さんとあいつはまぁ、仲良かったと思う。
野々花来夢は……良く言えば、人当たりがいい。悪く言えば、八方美人のクズ。
なんかその頃、兄さん色んな友達を連れてきて、家で遊んでたんだけどさ。

野々花来夢もほいほいついてきやがって、兄さんとかクラマサ――ああ、倉井《くらい》のことね――とか、誰にでもニコニコ元気キャラです、みたいに振る舞ってたわけ。

特に兄さんには、なんか距離感近くて。あたし的にはキモかった。マジで。

で、忘れもしない中三の十二月。

兄さんはなんかいけると思ったんじゃね？　野々花来夢にコクったわけ。

まぁ、気持ちは分かる。だってあいつ、どう見ても兄さんに気がある風だったし。

なのに、あの悪魔――兄さんのこと、無惨《むざん》にもフりやがった。

それだけでもマジないのに、次の日には兄さんがフラれたって噂《うわさ》、クラス中に回って。

確証はないけど。絶対あの女の仕業だと、あたしは踏んでる。

だからあいつは、末代まで許さないし。けっ。

その後の一週間くらい、兄さんは部屋に籠もってた。

マジで、一生部屋から出ないんじゃね？　……と思ってたら、どうにか持ち直してさ。

その理由は――さすがに結花ちゃん、知ってんじゃん？

結花ちゃんが演じてる、あの……なんとかってキャラ。

あの子に入れ込んで、「俺は二次元だけを愛するんだ」って……やべぇ感じで、一応の社会復帰を果たしましたってわけ。

ちゃんちゃん。

「ぐぉぉぉ…………」

俺は頭を抱えて、カーペットの上をのたうち回っていた。

何がちゃんちゃん、だよ。

俺の黒歴史を、何もかも暴露しやがって……ちょっと死のうかと思ったぞ、本気で。

『……まぁ、そんな出来事があったくらいだし。兄さんがまだ、野々花来夢に気があるとか、マジないと思う。もしあったら――あたしが鉄パイプで殴ってでも、正気に戻すし』

憎悪《ぞうお》の入り交じった声色で、那由がさらっと怖いことを口にする。

俺はぜぇぜぇと荒い呼吸をしながら、テーブルに手をついて立ち上がった。

「はぁ……はぁ……ま、まぁな。俺の黒歴史は、那由が言ったとおりだ。だから、今日の学校での話は、完全に二原さんの妄想だから……結花もなんか、気にしなくて――」

――ふわっと。

柔らかな感触と、温かな体温と、甘い匂いが……一斉に俺のことを包み込んだ。

「ゆ、結花？」

「ごめんねぇ……遊くぅん……私、そんなことも知らずにぃ……」

俺を抱き締めたまま、結花は大号泣してる。

分かってくれたんなら、別にいいんだけどな。

「私、絶対に……遊くんのこと、一生大事にするからね？　もう愛して愛して、やめてー

って言うまで、放さないんだから‼」

そうやって、感極まったように騒ぎ続ける結花。

そんな結花を抱き留めたまま、どうしたものかと困っている俺。

そして、那由は――。

『あのさ……イチャつくんなら、通話切ってからにしてくんない？　……けっ』

第5話　【アリステ・六位】らんむとかいう、クールで美しいだけのキャラについて

『なぁ、遊一《ゆういち》。今日はさ……らんむ様のファンだけで、地球が埋め尽くせるような気がしないか？』

しねーよ。

無料でメッセージのやり取りや通話が可能な、コミュニケーションアプリ――RINE。

それを通じて送られてきたマサのメッセージは、意味不明としか言いようがなかった。

今日はこれから、『八人のアリス』のお披露目イベントがネット配信される。

マサはイベントに現地参加だから、テンションの上がり幅がヤバいのは分かるんだけど……らんむちゃん以外のファンも絶対にいるからな。普通に。

「遊《ゆう》くん、なんでそんな難しい顔してるの？」

「あ、いや。なんでもない」

スマホの画面を睨《にら》みつけていた俺は、その声に呼び戻されて顔を上げた。

横から俺を覗《のぞ》き込んでいるのは――そう、不審者。

サングラスを掛けて、マスクをつけて、ニット帽をかぶった謎の少女。

夏だってのに、黒いロングコートを羽織ってる。

これで野太い声でも出してきたら、速攻で警察に通報事案だけど――声は透き通るほどにきれいな女性のもの。

というか、聞き慣れた許嫁《いいなずけ》の声。

そう。何を隠そう、この怪しい人物は――紛れもなく結花《ゆうか》だ。

「……結花。それ、逆に目立ってない？」

「そう？　でも、これなら私が綿苗《わたなえ》結花だとも、和泉《いずみ》ゆうなだとも、バレないでしょ？」

「まぁ、バレないだろうけど……」

結花は今日のステージには参加しないけど、関係者席に招かれている。

観覧席が当たったマサと現場でバッティングして、身バレするのを避けるため、細心の注意を払った結果がこれだ。

相当怪しいけど……まぁ身バレするよりはマシか。

ちなみに観覧席の抽選は、『八人のアリス』に投票したファンから選ばれている。

なので、ゆうなちゃんに投票した俺は、その時点で配信参加以外の選択肢がなかった。

べ、別に悲しくなんかないけどな！

「はぁ……それにしても、らんむ先輩って凄《すご》いよね。デビュー時期は私とちょっとしか変わらないのに、もうこんな大舞台に立つんだもん」

「クールな美人キャラはいつの時代も人気だからね。別にゆうなちゃんが努力で負けたわけじゃなくって、大多数のオタクに刺さるキャラ付けだったのが、らんむちゃんだったってだけで……」

ゆうな推しな俺は、無意識に擁護をはじめてしまう。

そんな俺を見て、結花は苦笑した……ような気がする。

マスクをしてるから、分かんないけど。

「それだけじゃないんだよ。同じ事務所で見てるから分かる――らんむ先輩は、紫ノ宮《しのみや》らんむって声優は、桁違いの努力家なんだ。掘田《ほった》さんも、『らんむほどストイックな声優は、今まで見たことない』って言ってるくらいだし」

以前、ネットラジオで共演していた、掘田でる。

そして、らんむちゃんを演じる、紫ノ宮らんむ。

この二人は、和泉ゆうなと同じ事務所の先輩に当たる。

掘田でるはもう業界で四、五年は活躍してる中堅声優だけど、紫ノ宮らんむは和泉ゆうなとそれほどデビュー時期が離れていない、駆け出し声優の一人だ。

確かにその演技力や歌唱力には、目を見張るものがあるけど……。

和泉ゆうなだって、俺から見れば相当努力を積んでると思うんだけどな。

「白鳥みたいな人、なんだよ。らんむ先輩は」

結花が憧れるように瞳を輝かせた……ような気がする。

サングラスをしてるから、分かんないけど。

「ファンのいないところで、一生懸命バタ足してるんだ。だけどそれを、決してファンには悟らせない。みんなの前では――優雅で美しい、一羽《わ》の白鳥。それが、紫ノ宮らんむって声優なんだよ」

そうやって語る結花の姿を、俺はまじまじと見つめる。

「遊くん？　なんでそんな、じろじろ見てんのー？」

「いや。結花って先輩のことを語るとき、そんな顔をするんだなぁって」

マスクとサングラスのおかげで、はっきりとは見えないけど。

憧れと、尊敬と、負けないぞって気持ちと――色んな感情が混ざってるみたいで。

なんだろ……やっぱり『声優』なんだなって、そんな風に思ったんだ。

「じゃあ、遊くん。そろそろ行ってくるねー」

結花はちらっと時計を見ると、コートの襟を正した。

「行ってらっしゃい、結花」

「行ってきます、遊くん……私が見てないからって、他のアリスアイドルに浮気《うわき》しちゃだめだからね？」

「愚問だね。俺が――『恋する死神』が、ゆうなちゃん以外に目を奪われるなんて、天地がひっくり返ってもありえないよ」

俺が真顔でそう返すと、結花は「あははっ」と笑った。

実際、俺が他のアリスアイドルを推すとか、ありえないって。

それくらい、俺にとってゆうなちゃんは――唯一無二の女神様なんだから。

◆

『なぁ、遊一。なんか俺、身震いが止まんなくなってきたよ……』

イベント開始が迫る中、マサからＲＩＮＥが送られてきた。

『お前、何時から会場にいるの？』

『らんむ様のイベントが楽しみすぎて、一睡もせずに七時間前に会場入りだ！』

『……お前、エネルギーだけはマジで半端《はんぱ》ないな』

今日はグッズ販売とかもないってのに。

まぁ、グッズを売ってたとしても、ゆうなちゃんのグッズはほとんどないんだけどな。

そういうとき、人気キャラを見ると「ぐぬぬ……」って思う。

――そんなことを考えていると。

パッと、画面が切り替わって、ステージが映し出された。

「『ラブアイドルドリーム！　アリスステージ☆』――『八人のアリス』お披露目イベントに、こんにちアリスー‼」

司会者が開幕を告げると同時に、凄《すさ》まじい歓声が上がった。

選ばれたアリスアイドルたちが順番にステージへと上がり、ショートアニメが流れたあと、持ち曲のショートバージョンを披露する――ファンにとっては感涙のイベント。

八位、七位と順々にアリスアイドルが呼ばれ――いよいよ六位。

マサの推しの出番が、やってきた。

「それでは『八人のアリス』――三人目の紹介です！　選ばれたのは、いつだって冷静沈着。クールビューティなアリスアイドルの歌姫――らんむちゃん！」

「ふぉぉぉぉぉおおおおおおおお！　らんむ様ぁぁぁぁぁああああああ‼」

なんかネット配信だってのに、現地のマサの声が聞こえたような気がする。

そして――――。


「『八人のアリス』？　当然の結果だわ。私を誰だと思っているの？」

割れんばかりの歓声が、画面の向こうから響き渡った。

その盛り上がりの大きさが、彼女の人気を窺《うかが》わせる。

そして、壇上に――彼女は姿を現した。

「今宵《こよい》も楽しみなさい。このらんむ様が、醒《さ》めない夢を見せてあげるわ――こんにちアリス。らんむ役の『紫ノ宮らんむ』です」

淡々とした口調で言い放ち、彼女は微笑を浮かべた。

腰まで届く紫色のロングヘア。

身に纏《まと》っているのは、ノースリーブのフリル付きワンピース。

二の腕まで覆ったアームカバー。

紫一色の衣装に、首元の赤いチョーカーが、やけに映える。

目に毒なほど胸元を開けたステージ衣装を翻《ひるがえ》し、マイクを手にした紫ノ宮らんむは、会場に向かって語り掛ける。

「『八人のアリス』に選ばれたことは、とても光栄です。だけど、決して満足はしていない。理由は簡単。私の上にはまだ——五人のアリスアイドルがいるのだから」

淡々としているようで、どこか熱の籠もったその声は、見るものすべてを呑《の》み込むほどのオーラを纏っていた。

「いずれ私は、『八人のアリス』のトップに立つ。それが私と、らんむの約束だから。らんむは必ず、最高のアリスアイドルになる。貴方《あなた》たちはその瞬間を……楽しみに待っていればいいわ」

一瞬、静まり返る会場。

そして、爆発が起こったかのような声援の嵐。

ゆうな推しの俺ですら思わず息を呑むほど、そのパフォーマンスは頭ひとつ抜けていた。

「さすがは、らんむちゃん！　相変わらずクールで、向上心の高さが凄いですね‼」

イベント司会者が、盛り上がり続ける会場に向かって声を上げた。

そして大型スクリーンに、パッとらんむちゃんのＳＤキャラが映し出される。

その両サイドには、ゆうなちゃんとでるちゃんの、ＳＤキャラ。

これは、あれか——イベント用のショートアニメか。

SDキャラとはいえ、まさかのゆうなちゃん登場。

俺のテンションが、爆上がりして止まらない。

『らんむちゃん！　このたびは、ほんっとーに！　おめでとうございますっ‼』

『ゆうなちゃん、そんなに頭を下げたら首が折れちゃいますよ？　……でも、らんむちゃん。今回はとても素晴らしい結果でしたね。まるで、石油を掘り当てたみたい』

『いや、でるちゃん……石油を掘り当てたって、偶然みたいに聞こえちゃうから……』

『何をおっしゃいます、ゆうなちゃん。石油を掘るのだって、綿密な下調べが必要なのですよ？　らんむちゃんの地道な努力を、わたくしは讃《たた》えているのです』

『いや、石油で例えること自体が、ちょっと……』

『ゆうな、でる。二人とも、ありがとう。だけど貴方たち——本当にそれでいいの？』

『えっ？　どういうこと？』

『私も貴方たちも、同じアリスアイドル。共に頂点を目指し、研鑽《けんさん》を続ける戦友。それなのに……私を祝っている場合じゃないでしょう？』

『ら、らんむちゃん？　ですけど、今日は喜ばしい日なわけですし……』

『行くわよ、二人とも。今からトレーニングよ。今日は夜まで帰さないわ。私に追いつけるよう、貴方たちを徹底的に鍛えてあげる。もちろん私は——その上を行くけれど』

『『か、かんべんしてー⁉』』

会場が笑いの渦に巻き込まれたのと同時に、画面が暗転する。

そっか。三人が同じ事務所だから、このコラボだったのか。

『遊一……今日が俺の命日かもしれない』

マサから変なテンションのＲＩＮＥが届いたけど、まぁ仕方ないよな。

俺だって推しがここまでＰＲされたら、感激のあまりショック死するかもしれない。

『八人のアリス』に選ばれるってことは、やっぱり大きなことなんだな。

——まぁ。選ばれようと、選ばれまいと。

俺がゆうなちゃん一筋なことは、永遠に変わらないけど。

「それでは貴方たち、脳裏に焼き付けなさい。今宵の私は、いつも以上に冷静に。だけど熱く……燃え上がるから。行くわよ——『乱夢《らんむ》☆メテオバイオレット』」

それを合図に、スポットライトが一斉に紫色になり、彼女の全身を妖しく照らした。
同時に流れ出す、激しいビート。
紫ノ宮らんむが、マイクを両手で握って、視線を落とす。
そこから溢《あふ》れ出すオーラは、言葉にできないほど、凄まじいもので…………。
「応援ありがとうございました。らんむ役『紫ノ宮らんむ』でした」
深々と頭を下げると、紫ノ宮らんむは舞台袖へとはけていく。
気付いたら俺は、彼女に拍手を送っていた。
推しじゃない俺ですら圧倒されるほどの魅力が、確かに紫ノ宮らんむにはあった。
――らんむ先輩は、紫ノ宮らんむって声優は、桁違いの努力家なんだ。
――掘田さんも、『らんむほどストイックな声優は、今まで見たことない』って。
結花が語っていた言葉が、脳裏をよぎる。

あれほどのパフォーマンスを見れば、結花の言ってたことも理解できる。
凄いな。何歳か知らないけど、そんなに俺たちと年齢も違わないだろうに……。
――――ブルブルッ♪
ふいにズボンのポケットの中で、スマホが振動するのを感じた。
取り出したスマホにポップアップ表示されているのは……結花からのRINE。
『遊くん。ひょっとしてだけど、らんむ先輩に見とれてない？』
『凄《すご》いパフォーマンスだったのは分かるけど……ゆうなが一番、だからね？』
さすがは結花。
俺のツボとか、テンション上がるポイントとか、全部お見通しだな。
そのメッセージを見ているうちに、自然と笑顔になっていく自分に気付く。
確かに、紫ノ宮らんむのパフォーマンスに、見とれはしたけど。
ゆうなちゃんが一番だってことだけは――絶対に変わらないって。

第6話 【事案】高二男子、女子のプールの授業を覗《のぞ》いた疑いで無事死亡

あー……だるい。

俺は蒸し暑くなってきた七月の気候に、げんなりする。

『アリステ』のイベントから二日が経《た》ったけど、俺の興奮はいまだ冷めやらない。

目を閉じると、あの日の歓声が、圧倒的なパフォーマンスの数々が、今でも鮮明に思い出される。

そして、SDゆうなちゃんの、キュートな姿も。

そんなわけで、二時間目の体育は、見学させてもらってるわけだが。

「へっ……遊一《ゆういち》。お前もやっぱ、イベントで全部を出しきって、力尽きてんだな」

「お前と一緒にすんな。俺はお前と違って、昨日も一昨日もちゃんと登校したぞ」

隣でぐったりしながら一緒に見学してるマサは、イベントの翌日から高熱を出して、二日間も寝込んでいた。

あれだろ、知恵熱だろ。

イベントで普段使ってない頭を使ったから。

俺とマサがグラウンドの隅っこで体育座りをしている中、クラスの男子たちは短距離走を繰り返してる。

陽キャは汗だくになりながら、爽やかに笑ったりしてるけど……なんだろう、ひょっとしてMなのかな？

俺は元気だろうと疲れてようと、走って楽しいなんて感情、一切生まれないけどな。

これにはマサも同意してくれるはず――。

「おっ⁉　見ろよ遊一！　でるちゃんのSRゲットだぜ‼」

「ってお前⁉　なんで普通にガチャ回してんだよ⁉」

「逆に考えろ、遊一……体育の見学中に、他にどんな時間潰しができるってんだよ？」

「見学をするんだよ、見学中なんだからな……」

堂々とスマホを取り出して『アリステ』のガチャを回してるあほに、当然のツッコミを入れる。

ただ、そんな正論に屈するレベルの人間じゃないんだよな……マサは。

「お前……このくだらない短距離走を見るために、生きてるわけじゃあねぇだろ？」

「極論を持ち出すな。確かに短距離走を見たところで虚無な気持ちだけど、それとガチャを回すのは別問題だろ」

「俺は止まんねぇからよ。『アリステ』の先に俺はいるぞ！　だからよ……遊一、止まるんじゃ――」

「うるさいんだって、お前は。先生に見つかるだろって」

見ろよ、見回りに先生が来てるだろ。

もう話したところで埒《らち》があかないから、俺はひとまずマサからスマホを奪い取ることにした。

なんか無駄に抵抗するマサ。

めっちゃ面倒くさい、こいつ。

「あっ」

「えっ」

そうして揉《も》み合ってるうちに――俺の手からマサのスマホがすっぽ抜けて、後ろの方に飛んでいってしまった。

体育館の横の細道に落ち、そのまま地面をすべっていくスマホ。

「お前ら、ちゃんと見学してるか？」

「あ、はい。大丈夫です！」

見回りに来た先生に、当たり障《さわ》りのない返事をして。

俺とマサは、先生が授業の方に戻っていくのを確認する。

そして——先生の意識が、完全にこっちから逸《そ》れたところで。

「ったく、お前は！　なんつーことしてくれてんだよ‼」

「悪かったとは思うけど、お前にも非はあるからな⁉」

お互いにくだらない言い合いをしながら、俺たちはスマホが飛んでいった体育館横の細道へと向かう。

横歩きしないと入れないくらい、狭い道幅。

マサと俺が順番に、横歩きの形で細道に入っていく。

幸い、入ってすぐのあたりにスマホは転がっていた。

「液晶は生きてる……データは……」

「おい、早く出るぞマサ。先生に見つかったらまずいだろ？」

「…………」

「おい、マサってば！」

「馬鹿野郎！『アリステ』のデータの生死に関わる問題だぞ⁉　お前、ゆうなちゃんの命と先生に怒られないこと、一体どっちが大切なんだよ‼」

——ガンッと。

俺はその言葉に、頭をぶん殴られたような衝撃を覚えた。

ふぅっとため息を吐き出す。

そして、大きく首を横に振って。

「……マサ。俺が間違ってたよ。どんなことがあろうと、『アリステ』のデータには——アリスアイドルたちの命には、かえられないよな」

「お前なら分かってくれると信じてたぜ、遊一」

そのまま俺たちは、マサのスマホを再起動させて、『アリステ』のアプリを立ち上げようと試みる。

そして、しばしのロード時間を置いて。

『**——ラブアイドルドリーム！　アリスステージ☆　はじめるわ……覚悟はいい？**』

タイトル画面が表示されると同時に、ランダムで選ばれたアリスアイドルが、タイトルコールをするのが基本動作。

そして今、問題なく『アリステ』は起動した。

しかも、ボイスは——らんむちゃん（ＣＶ：紫ノ宮《しのみや》らんむ）という奇跡。

「よし、よかったなマサ！」

「……ああ。らんむ様が、俺たちを祝福してくれてる……それだけで、俺はいい」

二人で胸を撫《な》で下ろし、ひとつの命が無事だった事実を、ただ喜ぶ。

そして俺たちは、グラウンドの方に引き返そうとして――。

「ん？　ねぇ、綿苗《わたなえ》さん。なぁんか、変な声しなかった？」

「別に」

覚えのある女子二人の声が、そんなに遠くない距離から聞こえてきた。

俺とマサは息を呑《の》み、ゆっくりと顔を上げる。

よく見ると壁面は俺たちの首あたりまでで、その上にはフェンスが設置されている。

そして、その向こうには――。

一面に広がる、スクール水着に身を包んだクラスの女子たち。

「……おい、遊一。ここ、プールだよな？」

「ああ……しかも、女子が授業を受けてる最中のな」

今日の体育は、男子がグラウンドで短距離走、女子がプール……確かにそう言ってたなと、今さらながらに思い出す。

視界に映るのは、プールでばしゃばしゃと泳いでいる女子たちや、プールサイドで談笑している女子たち。

無論、全員スクール水着。

そして、俺たちの一番近くのプールサイドに立っているのは——。

「ってか、泳ぎ終わったらすぐに眼鏡掛けるんだ、綿苗さん？　眼鏡外したとこ、ちゃんと見たいのにー。絶対、いつもと違う可愛《かわい》さになるっしょ？」

「特に」

茶色い髪をお団子状に縛り、スクール水着の胸元が窮屈そうなギャル——二原桃乃《にはらももの》。

さすがにポニーテールはほどいてるけど、なぜかいつもどおり眼鏡を掛けてる、ぴったりサイズのスクール水着を着てるお堅そうな女子——綿苗結花《ゆうか》。

絶対に、見つかったら大ごとになるペアだった。

◆

「いやー。でもほんっと、同性でも惚《ほ》れ惚《ぼ》れしちゃうよぉ。綿苗さんの、スク水姿☆」

「別に」

「なんてーか、プールに入って濡《ぬ》れてっからさぁ。なんだろ……背徳的、みたいな？」

「特に」

結花は驚きの塩対応だけど、二原さんはまるで気にせず話し掛け続けている。

これが会話のドッジボールってやつか。俺なら秒単位で心が折れるわ。

まぁ、いい。

二人の意識がこっちに向かないうちに、早いところ戻るぞ、マサ。

『**――ラブアイドルドリーム！　アリスステージ☆　石油より大事なもの……ここに**』

その瞬間、結花と二原さんの視線が一気にこちらに注がれた。

頭の中が、一気に真っ白になる。

「すまねぇ……でもな、遊一。念のため二回起動して問題ないか、確認せずにはいられなかったんだ……っ‼」

お前と友達になったこと、今日こそ本気で後悔したよ。

「……佐方《さかた》くん。倉井《くらい》くん。どうして、こんなところに？」

「綿苗さん、こりゃあ間違いないよ……覗《のぞ》きだわ。あっちゃあ……佐方もついに、倉井と同レベルまで落ちたかぁ」

水気を帯びたスク水の上に、パーカーを羽織りながら。

結花は無表情に、二原さんはにやにやとこっちを見てる。

……あのスク水で、俺と結花は一緒に風呂《ふろ》に入ったんだよな。

……あのときは俺が洗われる側だったから、こんなにてかてかしてなかったな。

人生の終わりと、淫靡《いんび》なスク水の前に、俺の脳内は完全にショートした。

そんな俺の方を覗き込むように、二原さんが膝に手をつき腰を曲げる。

瞬間――むにゅっと、胸元が絞られて、谷間が露《あら》わになった。

「なぁに？　うちに甘えたくなったたん、佐方ぁ？」

甘ったるい声で、二原さんが囁《ささや》く。

ちらっと横を見ると、マサが恥ずかしげもなく、二原さんの胸元を凝視してやがる。

「倉井……こっち見んな」

「なんでだよ⁉　遊一が見ていいんなら、俺だって――」

「うっさい！」

手近にあったビート板を振るい、二原さんがマサに水をぶっ掛ける。

「うわぁ⁉　スマホが、俺の『アリステ』がぁぁぁ⁉」

マサは慌てるように、グラウンドと逆の方に早足で逃げていった。

――って、なんでお前だけ逃げてんだよ⁉

「……どうして逃げようとしているの？」

俺も後に続こうとしたところで……薄ら寒い声が、耳をついた。

おそるおそる、プールサイドの方に視線を向け直すと。

――この世のものとは思えないほど、冷たい表情をした結花が立っていた。

「二原さんを、卑猥《ひわい》な目で見るために来たの？　いやらしい」

「違うってぇ、綿苗さん。佐方は当然、綿苗さんも見たかったに決まってんじゃーん？」

ぴくりと、結花の肩が小さく揺れた。

「……どうかしら」

「じゃあ、やってみ？　こうやって、胸元を寄せてだね……」

ちょっと、ちょっと⁉

結花、何やってんの！　ギャルの妄言に乗せられないで⁉

「こ、こう……かしら」

むにゅっと、結花の谷間が強調される。

それは物量的に、二原さんには及ばないけれど。

スク水から覗く、濡れそぼった白い肌は――なんとも言えず、綺麗《きれい》だった。

「ほらぁ、佐方めっちゃ見てるし！　ウケるー‼　すけべめー」

「ちょっ⁉　二原さん、本当に黙って！」

「おっ？　覗き魔のくせに、やけに強気じゃないのさぁ。うちらが大声出したら、どうなると思ってるん？　社会的に死ぬんじゃね？」

「ごめんなさいすみませんお許しください」

「よーし、素直でよろしいっ！」

本当に偶然、女子のプールに行き着いただけなんだけど……そんな言い逃れ、できるわけないよな。

だってこの状況、どう説明したところで俺たちが完全にギルティーだもの。

社会的な死を避けるためには、恥も外聞も捨てて、示談に持ち込むしかない。

「綿苗さん、二原さん。今回はほんっとーに、悪かったと思ってるから。お詫《わ》びならいくらでもするから。だから、ここは穏便に……」

「えー？　どうしよっかなぁー？」

二原さんが頬に手を当て、にやにや笑ってる。

完全に俺をおもちゃだと思ってるな、この人。

「……二原さん。もう、放っておきましょう」

そんな二原さんの隣で、結花がふっと背中を向けた。

そして、淡々とした口調で言う。

「男子って、そういう生き物だから。いちいち、付き合ってられない」

「おー‼　綿苗さんってば、超クール！　しょーがないなぁ。んじゃ、今日のところは、桃乃様も勘弁してやるとしよっかね」

た……助かった。ありがとう、結花。

家に帰ったら、ちゃんと事情を説明するか……ら？

「…………？　何を見て……」

振り返った結花が、俺の視線に気付いたんだろう、お尻に手を当てた。

そして、食い込み気味になっていたスク水を、いそいそと直して。

「佐方くんって……変態ね」


そして、学校が終わり、帰宅したのち。

「遊《ゆう》くんのばーか！　えっち！　すけべ！　もう……男の子って、男の子って‼」

眼鏡を外して部屋着に着替え、髪をおろした結花は、散々罵倒の言葉を放ってから。

ぼそっと、小さな声で……呟《つぶや》いた。

「……家でだったら、ちょっとくらい……見せたげるのに」

第７話　【妄想が】和泉《いずみ》ゆうなと、デートに行ってみた【現実に】

二人とも予定のない、とある土曜日。

俺は以前から気になってたラブコメアニメを、結花《ゆうか》と二人で視聴していた。

『……みなみ。その、格好って……』

『ど、どうかな？　今日は、初めてのお出掛けデートだから……ちょっと、おめかししてみたんだけど。で、でも……わたしみたいな、男勝りな子には……似合わない、よね』

『そんなわけねぇだろ！』

主人公は声を上げると同時に、ヒロインをその身に抱き寄せた。

『え……ほ、ほくとくん？』

『可愛いに決まってんだろ。いっつも可愛いお前が、こんなにおしゃれしたら……可愛さの極みじゃねぇか。愛してる。愛してるぜ、みなみ』

『――ほくとくん』

「……主人公がモヒカンなのが、斬新すぎるね。遊《ゆう》くん」

「なんだろ……モヒカンのせいで、セリフが頭に入ってこなかった」

なんて、二人でぼんやりとアニメを眺めつつ。

俺はふっと、思ったことを呟いた。

「いいよなぁ……こういうの」

「え、どのシーン⁉」

耳ざとく聞いていたらしい結花が、じっと見つめてきた。

いや。そんな、穴が開くほど見なくても。

「なんていうかさ。こういう、初めての私服デートみたいなシチュエーションって、憧れるなぁって」

「た……確かにそうだね‼」

なんだか火がついたらしい結花は、ソファから立ち上がって拳を振り上げた。

「私と遊くんって、家では色々遊んでるし、学校も一緒に通ってるけど——それ以外のお出掛けって、なかったもんね！　そうだ、お出掛けデートしよう‼」

善は急げとばかりに駆け出そうとする結花を、俺は慌てて引き止めた。

「待って結花。落ち着きなって」

「なんで？　だってこれから、楽しいお出掛けデートだよ!?　ちゃんと私――おめかしするよ？」

「えっとね……近場だと学校の知り合いに見られる可能性が高いから、厳しいでしょ？　遠くだとしても、休日は誰がどこにいるか分かんないから……万が一にもバッティングしたら、大変なことになるじゃない？」

「……ぶー」

力説する俺に対して、結花は唇を尖《とが》らせ、ただただ不満そうな顔をする。

「でも、お出掛けデートしたいもん……遊くんと、楽しくお出掛け……」

しょんぼり顔の結花は、人差し指同士をくっつけて、なんかぶつぶつ呟きはじめた。

「ちらっ」

敢《あ》えて口に出して言いつつ、こっちを見る。

そしてまた、しょんぼり顔で下を向く。

「ちらっ」

再び声に出して、こちらを見る。

そしてまた、しょんぼり顔で下を向く。

「……そうやってれば、俺が折れると思ってるでしょ？」

「思ってませーん。ただただ、悲しい気持ちを表明してるのみですー」

「子どもか」

「子どもですー。だから、楽しみなお出掛けがなくなるのは、悲しいですー」

ああ、もぉ。

俺の許嫁《いいなずけ》は、段々と甘え方が上達してきてるな。厄介としか言いようがない。

「……取りあえず。俺と綿苗《わたなえ》結花がデートしてるって、絶対にバレないこと。それが難しければ、今日のところは中止――」

「じゃあっ！」

結花が顔を上げて、ぱぁっと太陽みたいに明るく笑う。

そして、ビシッと俺のことを指差して――いたずらっぽく言った。

「分かったもん……佐方遊一《さかたゆういち》と綿苗結花のデートだって、バレなければいいんだよね？」

それから一時間後。

俺は白のTシャツに、紺色のシャツを羽織っただけのラフな格好で、リビングのソファに座っていた。

下は普通のジーンズ。
まったくパッとしない格好だとは思うけど、こういうのしか持ってないんだよな。
結花は、どんな格好かな？
おめかしするって言ってたけど、制服と部屋着以外、ほとんど見たことないからなぁ。
ロングスカートで、シックな感じ？
それともズボンで、すらっとした感じ？
いずれにしても、普段と違う結花を見るのは——ちょっと楽しみではある。
「お待たせ、遊くん！」
そうこうしてるうちに、結花が廊下の方から言った。
そしてガチャッと、リビングのドアが開く。
そこには——。
——和泉ゆうなが、立っていた。
「……はい？」
俺は目をごしごしと擦《こす》って、二度見する。

だけど、そこにいるのは、綿苗結花じゃない。

どう見ても、和泉ゆうな。

ゆうなちゃんと同じ格好をした、声優――和泉ゆうなだった。

「どう？　これだったら私だって分かんないでしょ？」

そう言って、和泉ゆうな――もとい結花は、くるっと一回転してみせる。

俺は開いた口が塞がらず、呆然《ぼうぜん》としたまま。

頭頂部付近でツインテールに結った茶色い髪の毛。

頬のあたりでは、いわゆる触覚が揺れている。

ピンクのチュニックに、チェックのミニスカートの組み合わせ。

スカートと黒いニーハイソックスの間には、魅惑の絶対領域が。

――ゆうなちゃんの基本コスチューム、その完全再現だわ。これ。

「どうだろ？　今日は、初めてのお出掛けデートだから……ちょっと、おめかししてみました！　えへへっ」

「今日のイベントは、終了です」

「えええええ⁉　なんで、なんでぇ⁉」

さぁて、撤収撤収と。

天を仰ぎながら、ソファから立ち上がる俺。

そんな俺の腕に、「絶対逃がさない！」とばかりに、結花がしがみついてきた。

「納得できない……っ！　私は完璧に、結花だって分からない格好に着替えたのにっ‼」

「だってこれ、完全に和泉ゆうなでしょ⁉」

「そうだよ！　遊くん好みのおめかし……それはつまり、ゆうなの格好！　しかも、和泉ゆうなだったらいつもの私だって分からないし、一石二鳥じゃんよ‼」

「いやいや。和泉ゆうなと無名の男が一緒に歩いてるとか、そっちの方がさらに問題になるからね⁉　声優ファンは、声優の彼氏事情にうるさいんだよ？」

それに……二・五次元バージョンのゆうなちゃんとはいえ。

宇宙一愛してる彼女とデートだなんて……俺の心臓が持たないって。本当に。

◆

「ふふーん♪　遊くんとー、お出掛けデートっ♪」

ごとごと電車に揺られながら、結花はなんか変な鼻歌を歌ってる。

ストレートロングにした茶髪の上には、目深《まぶか》にかぶった黒いキャップ。

服装はピンクのチュニックと、チェックのミニスカート。

『ツインテールは目立つから髪をおろす』『顔が隠れるようキャップをかぶる』――確かにこの妥協案で、出掛けることになったんだけどさ。

やっぱ怪しいよな。これでも。

有名人がお忍びで遊びに出掛けてる感が出てないか、なんかそわそわしてしまう。

「ね。遊くんも、楽しんでる？」

そう言ってぐいっと、俺の顔を覗《のぞ》き込んでくる結花。

メイクのおかげで、いつも以上にまつ毛が長くて、くりっと大きく見える目。

香水でもつけてるのか、いつもより鼻腔《びこう》をくすぐってくる、甘い香り。

ああ――ゆうなちゃんだ。

脳内に危ない薬が回ったみたいに、俺の脳機能が停止していくのを感じる。

全身の力が抜けていく。頰が自然と緩んでいく。

ここか……天国は。

「ちょっとぉ！　聞いてる、遊くん？」

「はっ‼　う、うん。もちろん、楽しいよ……」

「……ほんとぉ？　なんか、ぎこちないんだけどなぁ」

唇を尖らせながら、俺のことをじっと見つめる結花。

間近で感じる呼吸。

――香りや息づかいまでは、『アリステ』に実装されてない。当たり前だけど。

だから、見れば見るほど……ゆうなちゃんが現実世界に現れたみたいに錯覚して、胸の鼓動が速くなってしまう。

「うーん……よしっ！　じゃあ、こうだ‼」

「――――ちょっ⁉」

ぎゅう……っと。

結花が俺の腕に抱きついて、頬をぴとっと肩のあたりにくっつけてきた。

服越しに伝わってくる、ほのかな体温。

キャップをかぶってくれてて良かった……そうじゃないと、さらさらの髪の毛にくすぐられて、俺の心はぶっ壊れてたと思うから。

「どう……かな？」

「どうっ、て……えっと……」

ぎゅうぅぅ……。

結花が俺の腕に力を籠める。

あ……これ死ぬ。

「どうかな？」

「圧を掛けてきたなって思うよ、素直に」

「どうですかぁ？」

ぎゅうぅぅぅぅぅ……。

結花が「これはいける」と判断したんだろう。

俺を本気で、殺しにきてる。

「可愛《かわい》い！　可愛いから‼　ドキドキして死にそうだから、取りあえず離れて！」

命の危険を感じた俺は、堪《たま》らずギブアップ宣言。

そんな俺の反応に満足したのか——結花は俺の腕から離れると、ドヤ顔で言った。

「えへっ。可愛いなら、良しとしようっ！」

そんな感じで、結花がノリにノってる初デートだけど。

急遽《きゅうきょ》決めたもんだから、遊園地とか水族館とか、気の利《き》いたところに行くでもなく。

ひとまず三駅ほど離れた町で、ぶらりと散歩することになった。

「よーっし！　お出掛け、頑張るぞー‼」

そんな気合を入れて出掛けんでも。

白のTシャツに紺色のシャツを羽織っただけの、しゃれっ気もない俺。

ピンクの可愛い服に茶色いロングヘア（キャップ付き）な、おしゃれすぎる結花。

これ、周りから不釣り合いなカップルだって、目立ったりしてないよな？

和泉ゆうなのスキャンダルになって、結花が傷つくことになったらと思うと……気が気じゃない。

「遊くんっ。あそこのショッピングモールに行ってみよっ？」

割とへんぴな場所だってのに、ショッピングモールはなぜだか、それなりに大きい。

取りあえず一階を見て回る。

「あ、遊くんっ。本屋さんだよー」

俺と結花は本屋に入ると、即座にマンガコーナーへと移動した。

このあたりは、オタク同士の阿吽《あうん》の呼吸だ。

「あ、遊くん！　あれ、さっき観《み》てたアニメの原作だよっ」

「ああ。あのモヒカン男子の……ってこれ、二十三巻も出てるの⁉」

あの状況から一体、どうやってここまで連載を続けてるのか。

それともアニメが、原作無視で無茶なストーリー展開をしてるのか。

「……お。『魔滅《まめつ》のヤバイバ』が平積みされてる」

「あ、ほんとだ。最終巻もあるね。売り切れ続出で、全然手に入らないって聞いたけど」

知ってるマンガを見つけては、他愛もない会話を交わす俺たち。

それは、普段の家でのコミュニケーションと、大きく違いはないんだけど。

なんだか、ゆうなちゃんの格好をした結花だからか――新鮮な感じ。

「ねぇ、遊くん。あそこの服屋さん、見ていっても大丈夫？」

「ん？　かまわないよ」

「ほんと？　男の人は、女子の買い物が長いとイラッとするって聞いたけど……」

「それは人によるんじゃない？　俺は三時間とか四時間とか、そういうレベルならともかく、ちょっと待つくらい平気だよ」

そういえば、那由《なゆ》がまだ日本にいた頃、よく買い物に付き合わされてたっけ。

「まだ？」とか声を掛けようもんなら、「はぁ？　こんな時間も待てないとか、さすが非モテ。マジないわ」と罵られ。

いざ帰るってなれば、「兄さん、男っしょ？　こんな重いもの妹に持たせるとか、ありえないし」と大量の荷物を渡され。

……あれ、やっぱり理不尽だよな。今ならそう思うわ。

「じゃあ遊くん、ちょっと待っててね！　試着するとき、遊くんに見てもらうから‼」

そう言い残して、そそくさと店内に入っていく結花。

その後ろ姿を見送ってから、『アリステ』でもやろうかなとか考えてると――。

「ん？」

「へっ？」

目の前に通り掛かった、見知った顔と――目が合った。

え、なんで？

わざわざ少し離れた町を選んだってのに……。

どうして――二原《にはら》さんが、こんなとこにいるんだよ⁉

第8話　【急募】お忍びデートから、彼女バレせず帰宅する方法について

ゆうなちゃんの格好を模した声優・和泉《いずみ》ゆうな――もとい、俺の許嫁《いいなずけ》こと綿苗結花《わたなえゆうか》が、店に入ってから一分も経《た》たずに。

俺はクラスのギャル――二原桃乃《にはらもの》と、なぜか遭遇していた。

普段は制服を着崩してるイメージしかない二原さんだけど、今日の彼女はピンクのジャケットに、ミニスカート。

ジャケットの胸元には、見たことのない五色のロゴが入ってる。

なんか……ギャルっぽくないな、全然。

「こ、こんなとこで佐方《さかた》と会うだなんて……これってひょっとして、運命っ⁉」

「そんな大げさなやつじゃないよ。ただの偶然だから」

「……はぁ。盛り下げてくんね？　ムードってもんがないなぁ」

言いながら二原さんは、一人でけらけらと笑う。

だけど、ジャケットでビシッと決めてる二原さんだと、やっぱり普段と印象が違うな。

――なんて、考えてると。

「あれ？　ひょっとして佐方、こーいう服装が好みなん？　めっちゃじろじろ見てるし」

「じろじろって人聞きが悪いな！　普段のイメージと違うって、気になっただけだよ」

「んー？　そんな違うかね、これ？　普段うちのキャラ、どんなんだと思ってるん？」

「陽キャなギャル」

「まだ言ってんの、それ？　うちは陰キャな町娘だってのに」

そっちこそ、まだそれ言ってんのか。

陰キャでもないし、町娘っぽくもないでしょ。二原さんは。

……ん？　そういえば、さっきから二原さん、後ろ手になんか袋を持ってるな。

「二原さん、何を買ったの、それ？」

「え……な、に、も？」

唐突に歯切れが悪くなる二原さん。

何その、あからさまに不自然な感じ。

「いや、別に言いづらいんならいいけどさ。なんか持ってたから……っていうかその袋、確かあっちのおもちゃ屋のじゃ——」

「い、言いづらいものなんか、買ってないし！　う、うちはただ……そう！　服を買いに来ただけだから‼」

そう言ってビシッと。

二原さんは――さっき結花が入っていった服屋を指差した。

「え⁉　いやいや、明らかに服を買いに来たんじゃないよね⁉　詮索して迷惑だったんなら謝るから、無理して入らなくていいよ‼」

「む、無理してないし！　うちは最初から‼　ここに用事があったの！　じゃあ、うちが色んな服を着てみせるから……佐方、どれが似合うか選んでよね‼」

「なんでそうなるの⁉」

俺が止めれば止めるほど、二原さんは頑《かたく》なになって。

もはや収拾がつかない流れになってしまった……。

「……あ。あと、関係ないけど……佐方。この駅近にある『ライムライト』って喫茶店、絶対に行っちゃ駄目だかんね？　これは友達として……言っとく」

はい？　なんだって？

急に真面目なトーンで、二原さんがなんか言ってたけど……一連の流れに動揺して、マジで聞いてなかった。

まぁ、それはいったん置いとこう。

そんなことより、これ……相当まずくない？

「遊《ゆう》くーんっ！　この中で、どの服が好みでーすかっ？」

そこに――何も知らない結花が、キャップの下から無邪気な顔を覗《のぞ》かせながら、駆け寄ってきた。

俺は慌てて、二原さんに気付かれてないかを確認する。

……奥の方に行ってるみたいだな。よし。

「なんで、きょろきょろしてるの？　なんか店内に気になるものが――」

「ああ、これ！　こっちの方が好きかな‼」

結花が後ろを向かないうちにと、俺は焦《あせ》りながら適当な一着を選んだ。

「え……そ、そっか。こーいうのが、遊くん好きなんだね……よしっ。じゃあ、思いきって試着してくるね‼」

なんか知らないけど重々しく頷《うなず》いてから、結花は試着室の方へと駆けていった。

と、そこへ――――。

「おーい、佐方！　ねぇねぇ。これとこれ、どっちの方が可愛いと思うか教えて？」

間髪入れずに、今度は二原さんが駆け寄ってきて、なんか服を提示してきた。

ニアミスもいいところだから、本気で焦るんだけど。

結花が帰ってこないか気になって、そわそわ店の中を見渡す。

おかげで、二原さんの方を見る余裕もない。

「うち的には、こーいうシックなのもありかな、って気もする。けど、やっぱこっちの攻めた感じも、悪くないかなー」

「す、好きな方にすればいいのでは？」

「いいじゃーん、別に何かが減るわけでもないし？　佐方の好みの服、着たげるから……選んでよぉ」

やんわり拒否しても、ギャルはおかまいなしにぐいぐい迫ってくる。

「あ、お客さん。着替え終わりましたか？」

そのとき――シャッと。

試着室のカーテンが開かれる音が聞こえた。

まずい。タイムリミットだ。

「こ、こっち！　こっちの方がいいと思うかな⁉」

「……ふむ。こっち系か。まぁ、うちは佐方の精神的お姉ちゃんだしね。こーいう大人っぽいので、ばっちり決めてあげましょう！」

なんか勝手に納得すると、二原さんはそそくさと試着室の方へと向かっていった。

その隣を――すっと、結花が歩いてくる。

ひぃ⁉　どうか綿苗結花だと、二原さんが気付きませんように‼

そんな願いが届いたのか、あるいは結花がいつもと違いすぎるからか。

二原さんは結花を完全スルーして、試着室の方に消えていく。

よ、よかったぁ……。

「ゆ、遊くん……遊くんの好みって言ってた服、着てみたんだけど……ど、どうだろ？」

そして入れ替わるようにやってきた、なんだか歯切れが悪い結花の方に、俺はゆっくりと視線を向けた。

――そこに立っていたのは。

色んな意味で、ヤバい結花だった。

「な、なんて格好してんのさ結花⁉」

「え、ひどっ！　遊くんがこれがいいって言ったんじゃんか‼」

それはいわゆる……『童貞を殺す』ニットのセーターだった。

ノースリーブのニットのセーターからは、肩や脇が丸出しになっていて。

おまけに背中の方は、お尻のあたりまでぱっくりと開いていて。

なんなら、横から胸すら見えている。

なんかもう……体面積の半分くらい露出してない、それ？

「言っとくけど、恥ずかしいんだからね私は⁉　それでも、遊くんが喜ぶならって着てきたのに……そんな痴女みたいな扱い、あんまりじゃん‼」

顔を真っ赤にした結花が、いつにない剣幕で声を上げる。

店員さんたちが何事かと、射るような視線を向けてくる。

「ご、ごめん結花……す、すごく綺麗《きれい》だし、めちゃくちゃドキドキして――」

「さーかーたぁー‼」

そんな最悪のタイミングで。

二原さんは俺の名を呼びながら、右手をぶんぶん振って駆け寄ってきた。

――なぜか、チャイナドレスで。

◆

「……ふぇ？」

片や、肩も脇も背中も大胆に露出した、『童貞を殺す』ニットのセーター着用の結花。

片や、チャイナドレスで、スリットから白い脚を晒《さら》してる二原さん。

――まさに、地獄の邂逅《かいこう》だった。

「んーと……え？　佐方、この激カワな人……佐方の知り合い？」

二原さんは、目の前の彼女が『綿苗結花』だとは、気付いてないみたい。

そりゃそうか。

こんな露出満載で、眼鏡も掛けてない茶髪の状態で――結花だと勘づく方がおかしい。

「あ、あー……そ、そうだね。知り合いっていうか、えーと……」

「あ。そーいう……じゃあ、真面目にあの短冊《たんざく》、来夢《らいむ》宛てじゃなかったわけか！」

チャイナドレスのまま、二原さんは腕組みをしつつ、うんうんと頷いた。

そして、ちょっと複雑そうな顔で笑うと。

「来夢との過去を吹っ切ったのは、素直にいいと思う！　けどなぁ……せっかくこの桃乃様が、精神的お姉さんとして佐方をベタ甘やかそうと思ってたのに。まさか、佐方に――こーんな可愛い彼女さんが、いるとはねっ！」

そして二原さんは、目深《まぶか》にキャップをかぶった結花のことを、下から覗き込んだ。

「初めまして。うち、二原桃乃ってゆー、佐方の同級生！　別に怪しげな関係じゃないから、彼女さんも心配しないでね？」

「か、彼女……えへぇ……」

結花、結花。

だらしない顔しないで。こっちが恥ずかしくなるから。

そんな俺の視線に気付いたのか、結花は——にっこりと満面の笑みを浮かべた。

これって——綿苗結花じゃなくて、和泉ゆうなにギアを入れてる？

「まさかこんなところで、遊くんの同級生に会えるだなんて、びっくりです！　っていうか、めちゃくちゃ可愛《かわい》いですね！　二原さん……でしたっけ？　髪色もすっごく綺麗ですっ‼」

「あ、この茶髪っすか？　イエローも入れてもらってんすよ。だから、明るめのブラウンカラーになってる感じ？」

「あぁ、なるほどイエローなのかぁ。素敵ですね！　しかもそのチャイナドレス……なんか大人っぽくて、似合ってます。でも——なんで、チャイナドレスなんですか？」

「そんな言われると、照れるんすけど……この服自体はえっと、佐方にこれが似合うって言われたから、みたいな？」

ぐいんと、人間を超越したような首の動きで、結花が俺のことを睨《にら》みつける。

そのジト目が、言外に俺のことを責めていることだけは分かった。

「や、その……どっちの服がいいと思うか、聞かれたから……適当に」

「適当!?　うわぁ、マジ引くわぁ……人が真面目に、佐方好みの服を着たってのにさぁ」

今度は二原さんが、ジトっとした目つきになる。

二人の蛇に睨まれて、蛙《かえる》な俺は冷や汗をだらだら流すばかり。

「ってか。なんつーか……セクシーすぎません、その服？　エロすぎっていうか……」

「ち、違うんです！　これは私の趣味とかじゃなくって、遊くんが……こういうのが好きだって言うから!!」

「……え？　佐方、変態じゃね……？」

「ちょっと待って、二原さん？　別に俺がこういうの好きとかじゃないんだって！」

「え!?　そういうことじゃないのに、私にこんなえっちな服を着せたの!?」

「やばっ、羞恥プレイってやつじゃん……倉井《くらい》以下に落ちたな、佐方」

反論すれば反論するほど、ドツボに陥っていく。

それから、しばらく……結託した女性陣から、想像を絶するほど責められたのだった。


三十分後。

二人は私服に着替え直して、店から出てきた。

「あー、なんか疲れたわぁ」

「ですね。もうなんか、お嫁にいけなくなるような辱《はずかし》めでした……」

「なぁに、佐方がいるじゃないっすか。佐方、マジで女っ気ないんで……彼女さんから別れなきゃ、ぜーったい嫁入りまでいけますって！」

「……ふへ」

さすがの二原さんも、既に俺たちが婚約してるとは思わないだろうな。

しかし……これ、どうしよう？

二原さんは『彼女』が綿苗結花だと、気付いてない。

そしてオタクじゃない二原さんは、和泉ゆうなを知らないだろうから、『彼女』が声優なんて思いもしないだろう。

じゃあこのまま『俺に彼女がいる』って、二原さんに思われてても問題ないか？

いや──落ち着け。

既にこんな「ふへ」って顔してる結花が、ボロを出さないと思うか？

……………無理な気がしてきた。

やっぱりここは、『彼女』じゃないって……説明しといた方がいいな。

「二原さん。勘違いしてるみたいだから言うけど……この子は『彼女』じゃなくって、『妹』なんだよ」

「はい？」

結花と二原さんの声が、完全にハモる。

「ん？　だって佐方の妹って……確か、海外に行ってるとか聞いたような……」

「今週末、たまたま帰省してたからさ。それで久しぶりに、一緒に買い物にね……なぁ、那由《なゆ》？」

「え？　あ、えっと……はい！　私、『佐方那由』ですっ！　遊くんの、妹です‼」

俺の意図を察してくれたのか、結花はニコッと笑っておじぎをする。

咄嗟《とっさ》のことなのに、この演技力……さすがは声優。

あとは、二原さんが信じてくれるかだけど──────。

「……んーとさ。佐方……割とマジで、信じらんないんだけど……」

侮蔑に満ちた目で、二原さんが俺のことを見てる。
ヤバい……やっぱり、信じてもらえないのか？
そうやって内心ハラハラしている俺に向かって、二原さんは――。

「妹にあんなエロい格好させるとか、人として……キモい」

――かくして。
俺の尊厳を犠牲にすることで、俺たちの秘密の関係については、一切バレずに済んだ。
結果オーライ……なんだと信じたい。
そうとでも思わないと……俺の心が死んでしまう。本気で。

第９話　人生詰んでた俺だけど、ゆうなちゃんと出会って世界が変わったんだ

「もー！　遊《ゆう》くんの、ばーか‼」

黒いキャップを目深にかぶった結花《ゆうか》は、ショッピングモールを出ても、ぷくっと頬を膨らませたままだった。

茶色いロングヘアが、さらさらと風に揺れる。

同時に漂ってくる、普段より甘い香水の香り。

「ごめん、結花。でも、俺に彼女がいるって噂《うわさ》が広まると、結花が許嫁《いいなずけ》だってこととか、和泉《いずみ》ゆうなに男性の影とか……色々バレちゃう気がして」

「気にしすぎだよ、遊くんはぁ」

「結花こそ、自分が声優だって自覚なさすぎでしょ？　和泉ゆうなが一般男性とデートしたなんてＳＮＳで拡散されたら、大変な騒ぎになるからね？」

声優に清純さを求めるファンは、いまだに根強いんだから。本当に。

だけど結花は、ますます頬を膨らませて。

「でも、私が那由《なゆ》ちゃんなのは……なんか、いや」

「二原《にはら》さんはマサたちと違って、那由と面識ないから、変に架空の人物を作るよりいいかなって。でも、確かにあんな口の悪い妹呼ばわりされるの、嫌だよな……」

「そうじゃなくって！　私が『妹』ってことに違和感なさそうだったのが、納得いかないの！　私は遊くんより、年下じゃないのに‼」

――――はい？

どういうこと？

首をかしげる俺のそばで、結花が唇を尖《とが》らせる。

「……遊くんより年下に見られるとか、子どもっぽい認定されたってことじゃんよ。私、大人のおねーさんだもん。らんむ先輩みたいに、大人の魅力を出してるもん」

「えっと……どのあたりが？」

「あー！　ばかにしたー‼　やっぱりさっきのセクシーな服に、着替えたままにすればよかった！」

あれは大人っぽいとか、そういう次元の服じゃない。

だけど結花は、何か納得しかねるみたいで、ギュッと下唇を噛《か》み締めた。

「だって私、高校生だし。普通に年下に見られるとか、なんか幼いのかなって……恥ずかしいじゃん」

その発言に、俺は自然と手に力が籠もるのを感じた。

そして湧き上がる感情そのままに、思いの丈をぶちまける。

「ゆうなちゃんはさ、元気いっぱいで天真爛漫《てんしんらんまん》で天然で。寂しいときは甘えてくるし、かといってこっちから子ども扱いしようとすると、反発して大人ぶってみたり……からかうとして、攻めに回るときもあるけど、結局は失敗して可愛い感じになっちゃって。そんな……そんなところが、ゆうなちゃんの魅力だと思うんだ」

「…………はい？」

「だから、結花が『大人っぽくなりたい』って思うのは、ゆうなちゃんみたいで。でも結局、『子ども扱い』されるのも、ゆうなちゃんだなって思うし。それに対してムキになるのも、やっぱりゆうなちゃんで——さすが和泉ゆうな、って感心したよ。本気で」

「……ばかにしてるね？　ぜーったい、ばかにしてるよね⁉」

俺の力説もむなしく、結花は反対にぷっくり度を増していく。

そして、結花は深く深く、ため息を吐《つ》いて。

「はぁ……遊くんって、ほんっと女心とか分かってないよね。まぁ——そんなところも含めて、好きなんだけどさ」

好きになった弱みだよ……なんて。

ゆうなちゃんの格好のまま、結花はぼやくように呟《つぶや》いた。


その後は他愛もない会話を交わしつつ、二人で駅の方へと向かっていた。

時間はそろそろ十三時半。正直、かなりお腹《なか》が空《す》いてきてる。

「あははっ。遊くん、お腹鳴ってるよ？」

「結構歩いたしね。あと、二原さんとのやり取りで疲れたってのもあるかも。家に帰ったら、取りあえず今日はカップ麺で手早く済ませる感じでいい？」

「んー……そうだなぁ」

結花は、微笑を浮かべたまま、天を仰いだ。

そして、ぐいっと伸びをして。

「……ねぇ。もうちょっとだけ、ゆっくりしていかない？」

ちょっと甘えるような口調で呟く結花に、俺は不覚にもドキッとしてしまう。

「ずるくない、それ？　そんな——ゆうなちゃんっぽい声だと、断れなくなるでしょ」

「ふふーん♪　声は声優の、最大の武器だからね！　これは正攻法ですー‼」

なんか無駄にドヤ顔になった。

そして結花は、得意げに鼻歌を歌いながら、俺の耳元に唇を近づけて。

「ねぇ、ゆうなの一生のお願い……聞いてくれないと、やだってば」

「ひぃ⁉」

俺は結花から距離を取るように、咄嗟に後ずさった。

「耳が昇天するかと思った……だから、ずるいってそれ！　今の、三月に配信された『もしもあなたが、卒業したら』のときのセリフでしょ⁉」

「さすが『恋する死神』さん、ばっちり覚えてくれてるねっ☆」

そして再び結花は、俺の腕にしがみついて、耳元に唇を近づける。

「ごーはーん！　ご飯、食べたいー‼　じゃないと、ゆうなのお腹がへっこんで、消滅してしまうかもー、しーれーなーいー」

「うぐっ……今度は去年配信された、『アリスアイドル　おねだり百番勝負』のときのセリフ……」

結花による怒濤《どとう》のゆうなちゃんボイス攻撃で、俺のHPはどんどん0に近づいていく。

そんな俺の顔を、にやにや見つめてる結花……絶対、交渉成立まで続ける気だな。

「……はぁ。人目に付きやすい時間帯だから、割と心配なんだけど……ちょっとだけ。ほんとに、ちょっとだけだからね？　あと、キャップは脱いじゃ駄目だよ？」

「了解であります、遊くん隊長っ！」

ビシッと敬礼のポーズは取るけれど、結花の顔は頬が落ちそうなほど満面の笑み。

「結花。最近、小悪魔っぽさが増してきたよね」

「元気で天真爛漫で、ちょびっと小悪魔なゆうなが、お好みなんでしょ？　遊くんは」

そうやって、すぐ調子に乗るところも、ゆうなちゃんそっくりだよね。

本当に、大した声優だよ――まったく。

◆

結局、俺は結花の押しに負けて。
駅から二分ほどのところにある喫茶店に入ることにした。
念のため、極力客の少ないところを選んだから、誰かに見つかるリスクは低いはず。
「……えへへー」
テーブル席に座って一息ついていると、向かいの結花が小さな声で笑う。
そして結花は、指先でキャップの先をくいっと上げると、頬杖《ほおづえ》をついた。
メイクのせいか、いつもより目がくりっと大きくて。
まつ毛だって、いつも以上にびっしり生えていて。
唇もなんだか、赤くてぷっくりしていて。
控えめに言って――ゆうなちゃんが、現実世界に現れたみたいだった。
「遊くん、顔まっかー」

頬に掛かる茶色い髪を指先でいじりつつ、結花が「えへへっ」と笑った。

そっちだって顔真っ赤じゃない……って思ったけど、墓穴を掘りそうな気がするから、言うのはやめておこう。

「ほら。俺の顔なんか見てないで、メニューでも見なって」

「はーい。んー……どれにしようかなぁ。遊くんは？」

「俺はアイスコーヒーでいいや」

「え？　決めるの、はやっ！」

結花は慌ててメニューを持ち上げると、真剣な顔でメニューを選びはじめた。

その間に、女性の店員さんが水を持ってきてくれる。

多分、俺の母親と同世代くらいの人かな？

「あらぁ。うちにこんな可愛《かわい》いカップルが来てくれるなんて、嬉《うれ》しいわぁ」

コップをテーブルに置きつつ、店員さんが言う。

「このあたりって、よそから来る人はあんまりいないのよ。地元の若い子たちは、駅の反対口にあるチェーン系に行っちゃうし。だから、ここにいらっしゃる若い——しかもカップルなんて、なんだか嬉しくってね。ごめんなさいね、お邪魔しちゃって」

「あ。い、いえ……」

この手慣れた感じ、ひょっとしてオーナーさんとかなのかな？

まぁ、どんな立場にせよ――知らない人と会話するのって、なんか苦手なんだよな。

散髪屋に行くのとか、割とマジで鬼門だと思ってるし。

「わ、私たち！　カップルに、見えてますか⁉」

そうして返答に困っている俺の前で、結花が斜め上の角度で切り返した。

店員さんは一瞬きょとんとするが、すぐに笑顔で返事をする。

「ええ、もちろん。可愛らしい高校生のカップルさんに見えますよ」

「ですよね⁉　同い年に見えますよね⁉　私の方が『妹』とか、ありえませんよね⁉」

「うふふ……可愛い同級生カップルに見えるわよ」

「よっし‼」

さすが、老舗っぽい喫茶店。完璧な接待技術だ。

そして結花は、そうやってアピールするところが子どもっぽいんだけど……まぁ、ゆうなちゃんっぽいから、それはそれでいいか。

「じゃあ、俺はアイスコーヒーお願いします」

「あ。えっと、私は――ソーダフロートと、特製パフェで！」

「はい、ちょっと待っててねぇ」

そう言って、店員さんが奥の方に消えていく。

結花はというと、なんか無駄にドヤ顔で俺の方を見てる。

「ほら！」

「はいはい。結花はちゃんと、高二の同い年に見えるよ」

「でしょでしょー！　もー、二原さんったら失礼なんだからー‼」

言いながら、ぷいっとわざとらしく顔を背ける結花。

「はい。アイスコーヒーとソーダフロート。それと、特製パフェね」

さっきの店員さんが、てきぱきとテーブルの上に注文した物を置いていく。

俺たちは会釈《えしゃく》をしてから、それぞれのドリンクに口をつけた。

「おいしいね、遊くん」

「うん。確かに、チェーン店とはまた違う味わいがある」

「それもそうだけど……遊くんが目の前にいると、なんでもおいしいなって」

結花が笑いながら、特製パフェをスプーンですくう。

そして、はむっと頬張ると。

「んー！　おいしー‼　フルーティーで、すっごく甘いよこれ‼」

「うん。表情を見てるだけで、おいしいのは伝わってきたよ」

百面相のように変わる結花の表情に、俺は笑ってしまう。

そんな俺に向かって、結花はスプーンですくったアイスを差し出すと。

「遊くん、はい。あーん、して？」

「…………うん？」

急な展開に、俺は思わず固まってしまった。

そんな俺を上目遣いに見ながら、結花は小声で呟く。

「……前に私が風邪引いたとき、あーんって、遊くんがしてくれたじゃん？　そのお返しができてなかったから……ね？　あーん、して？」

「いや、別にお礼とか、なくても――」

「隙あり！」

もぐっ⁉

口の中がひんやりしたかと思うと――徐々に甘みが伝わってくる。

「ったく、強引なんだから。結花は」

「遊くんが強情だから、強硬手段になるんじゃんよ」

言いながら、じっと睨《にら》み合い――どちらからともなく、ぷっと吹き出してしまう。

「はい、遊くん。今度こそ素直に、あーんって、して？」

「はいはい。分かったよ、もう……」

スプーンを咥《くわ》えると、口の中は冷えたはずなのに、なんだか頬が熱い気がする。

だけどそのアイスの味は――さっきよりさらに、おいしく感じられた。


「ありがとね、可愛いカップルさん。また遊びに来てちょうだいね」

支払いを終えると、先ほどの女の店員さんが、気さくに声を掛けてきた。

「うちの娘も、あなたたちと同じくらいの年なんだけどねぇ……もう、色恋沙汰とか縁がなさすぎて、親心としては心配なのよ」

そのとき、ふっと……店員さんの胸にある、ネームプレートに目がいった。

――『ライムライト店長　野々花《ののはな》』。

ああ……すっかり忘れてた。

喫茶『ライムライト』。

ここは――野々花来夢《らいむ》の、実家だ。

だから二原さんは、忠告してくれてたんだな。ごめんね、気付かなくて。

「遊くん？　どうしたのー？　おーい？」

つい考え込んでしまってた俺の顔を、結花が心配そうに覗《のぞ》き込んできた。

「あ、ごめんね。なんでもない、なんでもないって」

そして、支払いを終えると、俺は結花と一緒に喫茶『ライムライト』を後にした。


——ねぇねぇ遊一《ゆういち》！　今度さ、うちの喫茶店おいでよ。

——うちの親がお喋《しゃべ》りだから、あんまり友達を連れていったこと、ないんだけどね。

——うちの看板メニューの特製パフェ。遊一と一緒に食べたいからさ！


中三の、あの事件の直前。

来夢と約束したんだったな。

…………一緒に、この場所で、特製パフェ食べようなって。


「今日は楽しかったね、遊くん！」

物思いに耽《ふけ》る俺のそばで、結花が無邪気に笑ってる。

こっちまで幸せになるような、そんな笑顔で。

「さっきの特製パフェ、すっごくおいしかったね！　ほっぺた落ちちゃうかと思った」

「……うん。そうだね」

確かにあの特製パフェは、看板メニューだから、おいしかったんだろうけど。

多分、結花と一緒だったから――余計においしく感じられたんじゃないかなって。

言わないけど、そんな風に思うんだ。

「じゃあ、結花。帰ったら今度は、結花が観《み》たいって言ってたアニメ映画でも観よっか」

「うん！　あ、じゃあなんか、お菓子買って帰ろ？　我が家が映画館だー‼」

「さっきパフェ食べたばっかりなのに、よく食べれるね。お菓子」

「ご飯とパフェとお菓子は、三つとも別腹だもんね」

「お腹《なか》分かれすぎでしょ、それ」

他愛もない会話をしながら、俺と結花は笑いあう。

そして、ちょっとだけ喫茶店の方を振り返って――心の中で呟《つぶや》いた。


俺はなんだかんだ、元気に過ごしてるよ。

だから――そっちも元気でね、来夢。

第10話　和泉《いずみ》ゆうなが、自宅でファッションショー↓衝撃の結果

リビングのソファで、ごろりと横になって。

俺はひたすら、『アリステ』のガチャを回していた。

今日からはじまったイベントは、『アリスなでしこ七変化☆　色んなコスであなたをお出迎え！』。

アリスアイドルたちが、いつもとギャップのあるコスチュームを纏《まと》うことで、新たな魅力を打ち出すという――神イベントだ。

さすが『アリステ』の運営。俺たちユーザーのニーズを、的確に理解している。

――だけど。

「出ない……ゆうなちゃんが、出ないだと……っ⁉」

いつもならそろそろ出てもいい頃だってのに、一向にゆうなちゃんが来る気配がない。

『おい、遊一《ゆういち》！　でるちゃんのSSR、ナース服だったぞ‼』

マサからのRINEがポップアップされたので、俺はてきぱきと返す。

『らんむちゃんのUR　メイド服　出た』

既読がつくが早いか、RINE電話が掛かってきた。

「もしもし、マサ？」

『遊一……なんでお前が、俺の推しを当ててんだよっ！　URだぞ？　お前……本当に人間か？』

「ガチャ当てただけで、人を化け物みたいに言うな。あるだろ、そういうとき？　今回の一発目が、まさかのらんむちゃんURだったんだよ」

『しかもメイド服……らんむ様が、メイド姿になってんだろ⁉　なんだよそれ、楽園じゃねぇか……俺、もう死のうかな』

「なんでだよ。死ぬんなら当ててからにしろよ」

そのまま、らんむちゃん愛を延々と語り出したから、容赦なくガチャ切り。

申し訳ないけど、今はお前の相手をしてる暇はないんだよ……マサ。

俺は今、ゆうなちゃんを手に入れるため――戦ってるんだからな！

「ゆーうくーんっ！」

そうやって一人、スマホに向かって白熱していると。

リビングのドアの開く音とともに、結花《ゆうか》の声が聞こえてきた。

「どうしたの、結花？」

俺はスマホのガチャを回しつつ、空返事を返す。

親しき仲とはいえ失礼なのは分かってるけど、ゆうなちゃんを当てないと――うお、るいちゃんのURだと⁉

なんで今回、こんなURが出るのに、肝心のゆうなちゃんが出ないんだよ……ゆうなちゃんはいつもノーマルだから、五回も回せば出るってのに……。

「ゆーくーん」

「ん？　なぁに結花？」

「遊《ゆう》くん、ゆーくーん、ゆうくん？　ゆっくん♪　ゆーゆー？　ゆゆゆゆゆゆゆ、遊くんっ‼」

なんか色んなバリエーションの呼び方で、自己主張をしはじめた。

かまってほしい圧を、凄《すさ》まじく感じる……。

というわけで、俺はスマホを片手に持ったまま、ゆっくりと顔を上げた。

――そこには。

「えへへっ……にーはお、遊くん？」

大きくてまつ毛のびっしり生えた垂れ目。

猫みたいにきゅるんとした口元。

そして、トレードマークの茶色い髪を、お団子みたいに纏めて。

結花——というか和泉ゆうなが、スリットの際《きわ》どいチャイナドレス姿で立っていた。

「……はい？」

予想だにしなかった光景に、俺は変な声を出してしまう。

そんな俺の反応に気を良くしたのか、はにかみ笑いを浮かべる結花。

「ど、どうかな遊くん……ドキドキする？」

「困惑してるよ、どっちかっていうと。なんでチャイナドレ——って、それ！　昨日、二《に》原《はら》さんが着てたやつか⁉」

「……そうですー。遊くんが二原さんに着せて、喜んでた服ですー」

よく分かんないけど、結花がジト目で俺のことを見てきた。

そして、独《ひと》り言《ご》ちるように漏らす。

「私だって、同じ服を着たら、二原さんに負けないもん……というわけで、昨日こっそり、買っておいたってわけ。どうアルか、似合うアルか遊くん？」

「何そのいい加減な、中国っぽい喋り方……」

マジで何してんだ、うちの許嫁《いいなずけ》は。

思わず頭を抱えつつ、俺は取りあえず結花を諭そうとする。

「あのね、結花。別に俺は、チャイナドレスが性癖なわけじゃないし、二原さんが着たからどうってわけじゃ――」

「じゃ、じゃあ！　こっちだったらどうかな⁉」

俺の言葉を途中で遮ると、結花は廊下の方にバタバタと駆けていった。

そして今度は、結花は髪の毛をおろして――。


「遊くん……にゃーお」

「ばかなの、結花は⁉」

もふもふの耳に、もふもふの手袋（肉球付き）。

お腹の部分が丸々露出された、もふもふのコスチューム。

もふもふのショートパンツから生えた、ぴょこんとした尻尾。

要するに――かなりセクシーな、猫のコスプレをしていた。

「これも昨日、遊くん好きかなって思って……まとめて買ったんだ」

「あの店、コスプレショップかなんかだったの？」

『童貞を殺す』ニットのセーターに、チャイナドレスに、猫コスプレ。

どう考えても、普通の服屋で売ってる品とは思えない。

「じゃあ、こっちも見てっ‼」

そう言い残して、廊下の方に消えていく結花。

いつの間にか、和泉ゆうなのファッションショーみたいになってきたな……。

そして今度は、結花は茶色い髪をツインテールに結って——。

「遊くん！　一緒に運動しない？」

「そんなのまで売ってんの⁉」

それは、二次元以外ではお見掛けしない、ブルマだった。

白い体操服の裾を中にしまい、紺色のブルマを穿《は》いた結花は、ツインテールを揺らしながらにこっと微笑《ほほえ》む。

やっぱり昨日の服屋、法的にアウトな店でしょ。

ブルマなんて売ってるところ、これまで見たことないわ。マジで。

——なんて。

必死に違うことに意識を向けようとしてるけど。

正直、ゆうなちゃんの格好をした結花が、色んなコスプレでポーズを決めてるこの状況は……止まるんじゃないかってほど、心臓がバクバク鳴っててヤバい。

「遊くん、どれが一番好みだった？　それとも、もっと違うの……が……」

そう言い掛けたところで。

結花は、俺が右手に持ってるスマホの画面を見て、ハッとした顔になった。

そのまま何も言わず、結花は廊下の方に駆けていく。

なんだろうと思いつつ、俺は自分のスマホに視線を落とした。

『ゆうな　ＳＲ　眼鏡＆黒髪ポニテで賢い優等生キャラに！』

色んな感情の渦に巻き込まれて、俺は思わず叫び出しそうになる。

ゆうなちゃん……そっか。ついにＳＲになったんだ。

だから今回は、やたらと出づらかったんだね。

俺はスマホを握り締め、ゆうなちゃんのレアリティアップの喜びを噛《か》み締める。

はぁ……黒髪バージョンでも、ゆうなちゃんは可愛《かわい》いなぁ。

眼鏡とポニーテールで真面目な感じにしても、内から溢《あふ》れ出る可愛いオーラを感じる。

優等生っぽさと可愛さのハイブリッド――さすが運営。良い仕事をしてくれる。
でも……なんかこの見た目、学校のときの結花っぽいような……。
そんな俺に、なんだか淡々とした口調で結花が声を掛けてきた。
ゆっくりと振り返り、廊下から帰ってきた結花を見ると。
「佐方《さかた》くん。こっちを見て」
そこには――例の『童貞を殺す』ニットセーターを着た、学校仕様の綿苗《わたなえ》結花がいた。

◆

ポニーテールに結った黒髪。
細いフレームの眼鏡。
少しつり目がちな瞳で、学校のときみたいな無表情で、綿苗結花はこちらを見ていた。
――背中がぱっくり開いたノースリーブのニットセーターという出で立ちで。

「……どう？」

学校仕様のキャラに入り込んでるのか、淡々とした喋《しゃべ》り方の結花。

だけど格好は、露出の激しい蠱惑《こわく》的なもの。

……背徳感が凄《すご》すぎて、言葉にならないんですけど。

「今回のゆうなに、寄せてみたわ」

「いや、確かに今回のイベントの趣旨にマッチしてるけどね？」

「……どう？　似合ってる……？」

ひぃ⁉

露出してる肩をぴとっと俺の胸元に当てて、耳元で囁《ささや》く結花。

耳がぞくぞくして、全身が痺《しび》れたよ。マジで。

「いや、あのね？　学校の結花な感じで、そんな格好して迫られたら、さすがにドキッとしちゃうから勘弁——」

「ドキッと、するのね？」

あ、やば。

完全に結花の変なスイッチを押したやつだ、今の。

「待ってて。これから私……変わるから」

――それからは、綿苗結花のファッションショー。

もとい、コスプレ大会がはじまった。

「佐方くん。そんなにじろじろ見て……いやらしいのね」

眼鏡ポニテにチャイナドレスで、無表情のままスリット部分を見せつける結花。

隙間から見える白い生脚に、思わず生唾を呑《の》み込んでしまう。

「佐方くんの、にゃんこよ……にゃう」

眼鏡っ娘《こ》のままネコ耳を付けて、にゃうにゃう言いながら、肉球付きの手袋で手招きしてくる結花。

つり目だから、猫っぽさが増して、なんか犯罪臭がすごい。

「佐方くん……どんな運動がしたい？」

いやいやいや？

なんで学校の綿苗さんモードのまま、ツインテールにしたの？

ブルマ姿のまま、上目遣いでそんなこと言われたら、俺の理性がぶっ壊れるからね⁉


「佐方くん。これ……恥ずかしい」

そりゃあそうだろうね⁉　どういう発想してたら、眼鏡の下にアイマスクをして、制服姿のまま紐で手を縛ってみようなんて思うのかな⁉

俺はSっぽい性癖とかないけど……新しい扉が開いちゃいそうなんだけど、マジで。


「にゃうにゃう♪」

最後に、ウィッグを取っておうちモードになった結花は。

ネコ耳&もふもふショートパンツ（尻尾付き）&お腹を晒したコスチュームで、手招きを繰り出すという、とどめの精神攻撃を仕掛けてから。

いつもの水色ワンピースに着替えて、得意げな顔でリビングにやってきた。

「というわけで、遊くん！　和泉ゆうなと綿苗結花。どっちバージョンでも、色んな格好してみたけど……どれが一番、遊くん的には好きだった？」

ジェットコースターに数十回乗った後みたいに、なんか気力も体力も持っていかれた俺は、ソファでうな垂れたまま返事をする。

「それを聞いて、どうする気なの……？」

和泉ゆうなのときは、本当にゆうなちゃんが現実に現れたみたいで、セクシーなのもキュートなのも、ただただ可愛かった。

綿苗結花のときは、いつも学校でお堅い彼女が、実は俺の前ではこんな格好をしてる……みたいな背徳感で、頭がどうにかなるかと思った。

どっちが上とか下とか、俺の中では特にないんだけど……。

「遊くんが一番気に入った格好を、普段着にしようかなって。だって、私……いつだって遊くんに、嬉《うれ》しい気持ちでいてほしいもん！」

結花のまっすぐな、その言葉に――俺はなんだか、胸が熱くなる。

だから俺は、まっすぐに結花のことを指差した。

「え？　なに、遊くん？」

きょとんとする結花に微笑み掛けながら、俺ははっきりと告げる。

「普段着だったら、いつものそれが一番好きだよ。リラックスしてて、笑ったり怒ったり、ときどき変なことしたり……そんないつもの結花といるのが、一番落ち着くからね」

言ってから、とんでもないことを言った気がして、結花から目を逸《そ》らす。

さすがにちょっと、格好つけすぎだったかな。

……なんて、思ってると。

「遊くん、大好きー‼」

結花が飛びつくようにして、俺のことを抱き締めてきた。

ふと視線を落とすと、俺の胸元に顔を押し当てて、子犬のように笑ってる結花。

やっぱり、こんないつもどおりが……一番落ち着くんだよな。

「あ、でも。普段着以外でも着てほしい服あったら……言ってね？　あ、あんまり際《きわ》どいのは恥ずかしいけど……できるだけ頑張るから」

そこは変わらないのな。

まぁ、変なところで気合が入ってるのも含めて——いつもどおりの結花、なんだけどね。

第11話 【アリラジ・ネタバレ】らんむ様の意識高すぎ問題

早朝五時。

アラームが鳴るより前に目が覚めた俺は、パッと上体を起こした。

隣にいるのは、むにゃむにゃと口元を動かしながら、リラックスした猫みたいな顔で眠っている結花《ゆうか》。

ここまで爆睡してたら、しばらく起きることはないだろう。

完璧なシチュエーションだ。

「…………」

俺は物音を立てないよう寝室を出ると、リビングに置いてあるパソコンの前に移動した。

素早く目的のサイトを開くと、俺は目を瞑《つぶ》り、大きく深呼吸をして。

――ゆっくりと、ネットラジオの音源をクリックした。

「皆さん、こんにちアリス。『ラブアイドルドリーム！ アリスラジオ☆』――はじまるわ、覚悟はいい？」

去年末から大好評配信中の、『アリステ』のネットラジオ――通称『アリラジ』。

決まったMCのいないこの番組は、アリスアイドルが二人、パーソナリティとして呼ばれて番組を進行する。

前半はキャラになりきったトーク、後半は声優によるフリートークという構成になっている、ファンにとっては神番組以外の何物でもない。

そんな『アリラジ』は、現在『八人のアリス』発表記念企画の真っ最中。

従来の形とは異なり、『八人のアリス』の一人と、そのサポーターのアリスアイドル二人が番組に呼ばれている。

そして、今回は――その三回目。

「トップアイドルになれるなら、他のすべてを捨ててもかまわない。高みを目指して、私は最後まで飛び続ける――らんむ役の、『紫ノ宮《しのみや》らんむ』よ。どうぞ、よろしく」

『八人のアリス』の一人に選ばれた、『六番目のアリス』らんむちゃん。

十六歳、高校生。

幼少期からミュージックスクールに通っていた彼女は、いつしかアイドルの頂点を目指すようになり、ストイックに努力を続けている。

アイドルに関することだと自分にも他人にも厳しいクールキャラだけど、アイドル以外の私生活は……案外ポンコツ。

そんなクールとポンコツのギャップが、彼女の人気を押し上げている。

「わたくしは、皆さんの潤滑油になりたいんです。みんなが平和に笑ってくれると、わたくしも笑顔になれますから——でる役の、『掘田《ほった》でる』でーす。よろしくお願いします」

アリスランキング十八位、でるちゃん。

石油王の家庭に生まれた十九歳。

裕福だった彼女は、『お金じゃ買えない笑顔』を届けたいと思いながら、アリスアイドルを続けている。

ほんわかしてるけど、実は芯が強いっていうのが、彼女の魅力だ。

「なーんでそんなに、元気ないのぉ⁉　もぉ……ゆうなのこと、見て？　ほら、ゆうなと一緒に笑った方が、絶対楽しいからさっ！　——ゆうな役の『和泉《いずみ》ゆうな』ですっ！　よろしくお願いしますっ‼」

アリスランキング三十九位、ゆうなちゃん。

妹のななみちゃんに誘われてアリスアイドルになった、十四歳。中学生。

どんなときでも笑顔を絶やさず、いつの間にか周りまで笑顔にさせちゃう、天真爛漫《てんしんらんまん》で無邪気なところが魅力的。

だけど本人は子どもっぽいところを気にしてて、背伸びして小悪魔みたいに迫ってきたり、大人ぶった行動を取ったりする。可愛《かわい》い。

根が天然だから、なんだかんだ失敗しちゃうんだけどね。可愛い。

天使のように清らかで、妖精のように純粋で、とにかく可愛い。

以前のランキングでは下から数えた方が早かったけど、今回は四十位内まで大躍進を遂げた、注目株のひとりだ。

——まぁ正直なところ、そんなランキング無意味なんだけどね。

だって俺の中では、ゆうなちゃんは圧倒的一位で……それが揺らぐことなんて、天地がひっくり返ってもありえないんだから。

「……ふぅ」

いつの間にか呼吸するのを忘れていたことに気付き、俺は深く息を吸い込んだ。

そして椅子の上で正座をしたまま、『アリラジ』に全神経を注ぎ込む。

この間のイベントと同じく、あくまでも今回の主役は『八人のアリス』の一人である、らんむちゃんだ。

そしてイベントでも絡《から》みが多い、同じ事務所所属のゆうなちゃんとでるちゃんが、サポーターとして呼ばれている。

……リスナーの大半は、きっとらんむちゃん目当てだろう。

それは仕方ない。それくらい、らんむちゃんの人気は絶大だから。

だけど、そんなの関係ない。

らんむちゃんのファンが何千人いようと、俺一人でそれを凌駕《りょうが》する声援を、ゆうなちゃんに送ってみせる。

だって俺は、いつだって——ゆうなちゃんに『恋する死神』だから。

そして番組も中盤に差し掛かり。

キャラトークが終了し、フリートークのコーナーになった。

「こんにちアリス。紫ノ宮らんむよ」

「どーもー。掘田でるです、こんにちアリスー」

「こんにチャリスッ！　……って、噛《か》んじゃった⁉　ごめんなさいぃぃぃ……和泉ゆうなですぅ……」

「ちょいちょい、ゆうなちゃん。噛むの早すぎだってー」

噛むところも可愛いよー！

噛んだシーンだけで、ご飯百杯はいけるよー‼

心の中で俺は、サイリウムを振り回して声援を送り続ける。

「はぁ……こんな噛み方してたら私、ゆうなくらいドジって思われちゃいますよね？」

「え？　今さら？　どっちのゆうなちゃんも、リスナーの人はドジっ子だと思ってるって。少なくとも、うちの事務所は全員そう思ってるからね？」

「え⁉　嘘《うそ》ですよね、掘田さん盛りましたよね⁉」

「盛ってない、盛ってない。じゃあ、らんむに聞いてみなよ」

「らんむ先輩！　今の、ぜーったい、掘田さんが大げさに言ってますよねっ⁉」

掘田でるとの阿吽《あうん》の呼吸で、和泉ゆうな――もとい俺の許嫁《いいなずけ》・結花が、場の空気を盛り上げていく。

なんという成長。なんという頑張り。

ちょっと泣きそうになりながら、俺は頷《うなず》きつつネットラジオに集中する。

「──知らないわ。そんなことに、興味ないから」

……………おう。

さすがは紫ノ宮らんむ、凄《すさ》まじいまでのクールビューティ。

これが人気の秘訣《ひけつ》……なんだろうな。俺はゆうなちゃん一筋だけど。

◆

その後も、和泉ゆうな&掘田でるが和気藹々《わきあいあい》と話を盛り上げて、紫ノ宮らんむがクールに切る展開が続く。

「掘田さん！　なんで私のことは『ちゃん』付けで、らんむ先輩のことは呼び捨てなんですかっ⁉」

「あー。意識してなかったけど、なんか癖でそう言ってるかも。ほら、らんむの方が芸歴長いし」

「最初は確か、私も『らんむちゃん』って呼ばれてましたね」

「そうそう。でも、らんむはなんか——ちゃん付けって感じじゃないじゃん？　だからいつの間にか、呼び捨てになったよねー」

「えー？　なんか特別感ありますね、それ？　ずるいですよー、掘田さん！」

「それ言うなら、ゆうなちゃんだって、らんむのことだけ『先輩』呼びでしょーが。っていうか、あんまり『先輩』って呼ぶ人見ないよ？」

「え、そうです？」

「体育会系の部活っぽいじゃん、『先輩』呼び。『アリステ』だと、るいさんが芸歴わたしより長いけど、『るい先輩』って呼んだことないもん」

「あ、るいさんがヒロイン役のアニメ、観《み》ました？　人を好きになると死んじゃう病気を乗り越える二人に、ほんっとーに感動——」

「ゆうなちゃん、別な作品の話はＮＧだから‼」

　そのアニメ、二人で最近観たな。

　前に出演した『アリラジ』で、俺とのエピソードを『弟』でコーティングして全国に垂れ流した結花。

　お願いだから、今日は同じ轍《てつ》を踏まないでくれよ？

　あれ、マジで放送事故直前だったから。

「あ。そのアニメ、ひょっとして弟くんと一緒に観たんじゃない？」

「はい！　アニメも最高でしたけど、弟のことはもっと好きです‼」

なんでその話を振るんだ、掘田でる⁉

俺はキーボードの上に、がくりと突っ伏す。

「らんむは知らないよね。ゆうなちゃんって、弟への愛が異常なんだよ？」

「そうなの、ゆうな？」

「はい！　上京してきて、今は弟と二人暮らしなんですけど‼　私の弟、可愛いしかないんですよ‼　すごいんです！　可愛さが‼　溢《あふ》れ出てるんです‼」

「どんなテンションだよ……ゆうなちゃん、弟に手を出したら違法って分かってる？」

自分で振ったのに、ドン引きするのやめて掘田でる⁉

爆弾に着火したんだから、きちんと処理して！　処理を‼

「ゆうな——弟のこと、どれくらい好きなの？」

「宇宙で一番愛してます」

紫ノ宮らんむのキラーパスに、即答する結花。

全国に配信される、弟でコーティングした許嫁への告白……何このシチュエーション。

恥ずかしいし、万が一バレたらファンから血祭りにされる未来しか見えない。

「一緒に寝たりとか、一緒に登校したりとか、ヤバいんだよね。お願いだから事件だけは起こさないでよ、ゆうなちゃん？」

「事件ってなんですか⁉　掘田さん、相変わらず発想がえっちな方向すぎ――」

「……私は、『アイドル』という仕事を、宇宙で一番愛してるわ」

二人の会話を遮って、紫ノ宮らんむが強い語調で言い放った。

「トップアイドルになるために、私はすべてを捨てる覚悟がある。『愛』という感情は、ファンにだけ注ぐと決めてるわ。だから――私は恋なんて、興味がない」

「……えっと、らんむ先輩？　私、弟の話をしてるんですけど……」

「ごめんなさいね。まるで、恋する乙女みたいな顔だったから。家族とはいえ……そこまで偏愛だと、アイドルの高みにのぼる障害になるんじゃないかって。そう、思っただけのことよ。まぁそれも――貴方《あなた》の選ぶ道だから、好きにすればいいけれど」

「さすが、らんむ！　アリスアイドル随一のストイックさだねぇー‼」

掘田でるが茶々を入れたけど、多分――わざとだと思う。

その言葉で空気が少し和んだからいいものの。

紫ノ宮らんむのストイックさと、和泉ゆうなの無邪気な天然さのブレンドは……一歩間違えたら、大爆発を起こしかねない。

『恋する死神』としての勘が、俺にそう囁《ささや》いていた。

「……私の場合は、弟のことも大好きだし、もちろんファンのことも大好きだし、一緒に頑張るアリスアイドルだって大好きです。私は——いーっぱいの愛を持ったまま、笑顔でよーし頑張るぞっ！　って思うタイプなんですっ」

「貴方のそのたくさんの愛とやらを、私はアイドルという仕事にすべて捧《ささ》げるわ。限りある愛のキャパシティを、アイドルにだけ注ぐことで——私は次こそ、アリスアイドルの最高峰『トップアリス』に、なってみせるから」

「——わ、わたくしは、石油をすべて捧げます！　愛と油は、世界を救うのですよ？」

自分の主張を曲げない二人の間に、でるちゃんのキャラボイスで掘田でるが割り込んだ。

先輩声優のフォローに、さすがの二人も察したのか、キャラボイスに切り替えて。

「ゆ、ゆうなは！ みーんなが笑顔でいてくれることが、一番の幸せだからっ‼ だーから……今日もアイドル、頑張るもんねっ‼」

「私は『トップアリス』に、必ず辿《たど》り着く。その日を楽しみに待っているといいわ……振り落とされず、ついてきなさい」

「いやぁー。やっぱりキャラによって、考え方も違うもんだね。そんな、個性的なメンバーが他にもたくさん！『ラブアイドルドリーム！ アリスステージ☆』——どうぞ応援、よろしくお願いしまーす！」

『今すぐリタイア！ マジカルガールズ』のブルーレイ、大好評発売中だよっ☆
二巻の初回生産版には、ミニドラマ『雪降る世界のお姫様（？）』を収録。
今回は『あの』後輩魔法少女のサイン入り缶バッジ付きで、お値段は六千三百円！
魔法少女の魅力で、みんなキュン死、間違いなしだねっ‼
買わない人はぁ——お掃除しちゃうゾ☆

◆

「ぎゃあああああああああ⁉」

「うわぁ⁉」

掘田でるが綺麗《きれい》にさばいてCMに切り替わったところで、室内に絶叫が響き渡った。

慌てて振り返ると、そこには寝癖がぴょこんとはねてる結花の姿が。

「私が寝てる間に……聴いちゃだめって、言ったじゃんよ！」

「逆にさ？　俺がゆうなちゃんパーソナリティの神回を、どうして聴かないと思うの？」

「うるさいなぁ、開き直らないでってば！」

目元をごしごしと擦《こす》りながら、結花は近づいてきて、俺の胸元をぽかぽか叩《たた》く。

「……この回は、やなんだよー。らんむ先輩の言葉にスイッチ入っちゃって、棘《とげ》のある言い方になってるからー……」

「そこまで棘ってほどじゃなかったけど……そんな自分の態度を、聴かれたくなかったってこと？」

「……違くて」

俺の胸元に顔を埋《うず》めると、結花はぽそっと呟《つぶや》いた。

「らんむ先輩の応援で駆けつけたのに。らんむ先輩に不快な思いをさせちゃった自分に落ち込むから……この回は、やなんだもん」

その言葉を聞いた俺は、なんだか温かな気持ちになる。

ストイックな紫ノ宮らんむと、無邪気な和泉ゆうな。

それぞれの主張はすれ違ってしまったけど、やっぱり結花の根っこは——優しさに溢れてるんだよな。

俺は敢《あ》えて何も言わずに、結花の頭をよしよしと撫《な》でる。

心優しい許嫁《いいなずけ》に……少しでも笑顔のお返しをしたいって、思ったから。


あ——ちなみに。

『アリラジ』の続きは、結花が寝静まった後に消化しました。

結花の気持ちは分かるけど。

さすがにゆうなちゃんの出演番組の視聴は、譲れないんだ——『恋する死神』として。

第12話　【ヤバい】クラスの女子に許嫁の存在を隠してたら、大変なことになった

「遊《ゆう》くん、明日から夏休みだねっ！」

ポニーテールに眼鏡。

夏服のブレザーは、ビシッと校則を守った着こなし。

そんな外仕様の結花《ゆうか》だけど……表情だけは、家仕様のへらっとしたものだった。

そんなギャップに、俺はついつい笑ってしまう。

外では目立たない、優等生な結花だけど。

俺の前では、元気に満ち溢れた天然ちゃんだな。相変わらず。

「この間みたいに、またどっかお出掛けしたいねー」

思い出し笑いなんて浮かべながら、結花が口元に手を当てる。

ちょっとちょっと。そろそろ人通りが増えてくるから、学校モードにしよっか？

「まぁ、夏休みだし出掛けたいのは分かるけど……人目につかないところ限定だよ？」

「え⁉　じゃあ、東京って名前なのに千葉にあるテーマパークは……」

「一番アウトだよね、そこ⁉　違うところ、違うところ」

「えっと。池袋にある、サンシャインな水族館は……」

「そこも人が多いな……まぁ、また考えようよ。ゆっくりさ」

「そだね。まだ私たちの夏休みは、はじまったばっかだもんね……っ！」

まだ、はじまってないってば。

なんか無駄に気合の入ってる結花がなんだかおかしくて、吹き出しちゃったけど。

大きな通りに出るところで、いつもどおり。

俺と結花はすっと、時間をずらして歩き出した。


「ねーねー、佐方《さかた》ぁ！　夏休みになったらさ、また那由《なゆ》ちゃん帰ってくる？」

自分の席につくと同時に。

二原《にはら》さんが無邪気な顔で、話し掛けてきた。

後ろの席のマサが、その言葉に反応して怪訝《けげん》な顔をする。

「那由ちゃん？　なんで二原が、那由ちゃんの話なんか振ってんだ、遊一《ゆういち》？」

マサは中学の頃から、何度もうちに遊びに来てる。

なので当然、うちの家庭事情はよく知ってるし、那由との面識もある。

まぁ……那由はあんな性格だから、マサに対して「は？　クラマサ、マジないし」とか辛辣な態度しか取ってなかったけど。

「えー、あー……ちょ、ちょうど数日だけ帰省してたときに、出掛けた先で二原さんとばったり会ったんだよね」

「出掛ける？　一緒にか？　あの那由ちゃんと？」

「佐方と仲良さげに、服を買いに行ってたんだよ、倉井《くらい》！」

「那由ちゃんと……服を買いに⁉」

マサがぐいっと俺の顔を覗《のぞ》き込んで、迫真の表情で言った。

「大変だったな、遊一……那由ちゃんと買い物ってことは、ひたすら終わるまで待たされた挙げ句、大量の荷物持ちをさせられたんだろ？　疲れたな、遊一……よく頑張った、感動したよ……」

マサ、マサ。

気持ちは分かるけど、そのオーバーすぎるリアクション、マジでやめて？

「ん？　ひたすら終わるまで待たされ？　そんな感じじゃなくなかった？」

二原さんが小首をかしげた。

俺は一気に、全身の血が引いていく感覚を味わう。

「だって、佐方。那由ちゃんに、超どエロいセーター着せてたし。那由ちゃんも、佐方を喜ばせようってマジで着てて——佐方のヤバい性癖を垣間見《かいまみ》たよね。真面目な話」

「那由ちゃんがっ‼ 超どエロいセーターをっ⁉ 遊一のためにっ⁉」

ごめん、マサ。一発、殴っていい？

お前の疑問はごもっともだが、そのリアクションは——色々まずいんだって。

「ど、どどどういうことなんだ遊一⁉」

「いや、まぁ、色々な……」

「色々ってなんだよ⁉ 女王様系妹・那由ちゃんが、なんで海外に行ったら兄に尽くす系にゃんにゃん妹にフォームチェンジしてんだよ⁉」

「お前、人の妹をなんだと思ってるの？」

「……さすがにキモいんだけど、倉井」

俺と二原さんが同時に、マサのことをなじった。

だけど、それ以上に認識のズレが気になったのか、二原さんはマサに質問する。

「ねぇねぇ倉井。倉井の知ってる那由ちゃんって、どんな感じの子だったん？」

「ん？ 那由ちゃんといえば、端的に言うとボーイッシュなぺちゃぱいキャラだな！ 服装もジージャンとかで、男子か女子か分かんないような——」

「ぺちゃぱい……そういう目で見てばっかいるから、倉井は女子から壊滅的にモテないんじゃね？　ふつーに、女子として引くわ」

「え、俺のモテなさって……そこまで？」

さりげなく放たれた二原さんの一言に、マサが呆然《ぼうぜん》とする。

だけどそんなことおかまいなしに、二原さんは俺の方に詰め寄ってきた。

「ボーイッシュ……？　完璧、ガーリー系じゃなかった那由ちゃん？　ロングヘアだったし、めちゃぱっちりな目だったし、喋《しゃべ》り方だって……」

「ほ、ほらイメチェン？　那由だって年頃だから、友達の影響でマサが知ってる頃と変わったりとか、そういうの！」

「……けど。だからって、兄のためにあんなセーター着るもんかね？　んー……でも、うちは一人っ子だし、普通の感覚が分からぬ……ねぇ、綿苗《わたなえ》さん！」

「――――はい？」

他の女子の意見を求めたくなったらしく、二原さんは通り掛かりの女子を呼び止める。

それがよりにもよって、結花だってのは――運命のいたずら感、半端《はんぱ》ない。

「ねぇ、綿苗さん。年下のきょうだいとか、いる？」

「……まぁ、いますが」

「弟か妹か知んないけどさ。そのきょうだいがだよ？『お姉ちゃん、この服着てみてよ』って言って、ヤバいエロ服を勧めてきたら……綿苗さん、素直に着る？」

「……質問の意図が、分かりかねます」

眉ひとつ動かすことなく、結花は淡々と答える。

まぁ……結花じゃなくても、こんな意味不明な質問、そう反応するしかないよな。

「綿苗さん、主観でいいからさ……教えて？『お姉ちゃん、この服着てみてよ』って言われて、エロ服渡されたとしたら、どう思うっ⁉」

結花が、はぁ……と盛大にため息を吐《つ》いた。

そして、アゴをくいっと上げて、蔑むような表情をすると。

「——馬鹿にしないで」

ぞくっとするほど冷徹な声。

さすがにこれには、二原さんもそれ以上の言葉は続けられない。

「そう思います。それでは」

結花が言うのと同時に、朝のホームルーム開始を告げるチャイムが鳴った。

そんなこんなで、その場は――どうにか『那由』を巡る話題について、逃げきることができたのだった。

◆

「あ。結花、お茶いる？」

学校から帰って、俺は真っ先にお湯を沸かしはじめた。

ついでに、戸棚から貰《もら》い物のカステラも取り出す。

「ど、どうしたの？　遊くん？」

そんな俺を見て、結花が動揺したように口をあんぐり開ける。

普段は結花の方が素早く、お茶淹《い》れたりしてくれてるもんな。

だけど、そんな結花の当然の疑念はスルーして、俺は淡々とお茶の準備をする。

「あ。カステラ以外に、せんべいもあるけど、いる？」

「だーかーら！　なんでそんな、いつもと違う対応するのさー⁉」

シュシュを外してポニーテールをばさりとおろすと、結花は眼鏡をテーブルに置いて、裸眼のまま上目遣いに睨《にら》んできた。

まだ部屋着に着替えてないから、学校の結花と家の結花の中間みたいな感じで、なんだか新鮮。

そして結花は、俺の顔を覗き込んだまま、唇を尖《とが》らせる。

「ひょっとして、なんか怒ってる？」

「怒ってるわけないでしょ。ほら、お茶だよ結花」

「じゃあ……なんかやましいこと、ある？　あるんでしょーっ‼」

急にギアを入れてきた結花が、むきーっと両腕を振り上げた。

「もぉー、遊くんのばかー！　なんか知らないけど、ばーかばーか‼」

「お、落ち着いてって！　やましいこととかじゃなくって……むしろ結花が、怒ってるんじゃないかなって」

「……ふぇ？　私が？　遊くんに？　なんで？」

両腕をおろして、結花はぽかんと大きく口を開ける。

そんな結花に対して、俺はためらいがちに言った。

「二原さんがさ。もしもきょうだいから、ヤバいエロ服勧められたら……って話を振ったでしょ？　あれに対して、結花がさ」

「――馬鹿にしないで」

極寒の声色で、結花が呟《つぶや》いた。

眼鏡を外すと垂れ目な結花だけど、なんだか今は、怒りで目がつり上がってる気がする。

そんな結花を見て――俺は飛び上がり、しゅたっと床に膝をついて頭を下げた。

いわゆる、ジャンピング土下座だ。

「ちょっ⁉　遊くん、何してんの⁉」

「このたびは大変申し訳ないことをしたと、非常に遺憾の意を抱いており――」

「だーかーらっ！　なんの話なのって言ってんじゃんよー、もぉー‼」

いや、だってさ。

様々な不幸が重なったとはいえ、俺は結花に、露出の激しい服を着せたわけで。

ノリノリでファッションショーをやってくれたと思ってたけど……実は内心、俺のことを蔑んでて。

ほら。ラジオとかだと、俺のことを『弟』って話してるしさ。

だから――俺に対して、「馬鹿にしないで」って言ってるのかと思いまして……。

そんな俺の独白を聞いた結花は、大きくため息を吐いた。

「えっと……遊くんって、おばかさん？」

ジャンピング土下座の姿勢から、俺はおそるおそる顔だけ上げる。

そこには、アゴに手を当てて、困ったように眉をひそめている結花の姿が。

「んーと、私に中学生のきょうだいがいるのは、前に言ったよね？　私だけ上京してきたから、向こうは地元にいるけど」

それは覚えてる。

前に那由が帰省して家の中をかき回しまくったときに、そんな話をしてた。

「いっつも私のことを『お姉ちゃん』じゃなくって、自分より年下みたいに扱って、すっごいちょっかい出してきて……ほんっとうに、可愛《かわい》くないの！　だから、うちの子に二原さんが言ったようなことをされたら……『馬鹿にしないで』って思うなぁって。ただ、それだけのことっ‼」

「えっと……じゃあ、一昨日の俺の愚行については……」

「いちいち聞かないでよ、もぉ……」

結花はもじもじと、制服のスカートの裾をいじりはじめる。

そしてギュッと、目を瞑《つぶ》って。

「ゆ、遊くんにだったら！　は、恥ずかしいけど……見せたって、かまわないもんっ‼」

言いきってから、カーッと顔が赤くなっていく結花。

そんな結花を見ていたら、なんか俺まで頬が熱くなってくる。

「だ、だからって。あんま、えっちなことばっかお願いしたら……やだからね？」

「し、しないよ！　だ、大丈夫だから……」

お互いにしどろもどろになりながら、視線を交差させる。

すると結花は、とろけるように潤んでいた瞳を……そっと瞑った。

その口元はキュッと閉じられて、少しだけ震えてる。

――――その瞬間。

結花が俺だけのために、家でミニライブを開いてくれたあの日を思い出す。

俺は無意識に、自分の唇を軽く拭った。

そして……結花の肩に手を掛ける。

「……んっ」

結花が小さく呻《うめ》く。

だけど、目を瞑って口元を閉じている姿勢を、崩す気配はない。

周囲の音が、一斉に消えたような錯覚を覚えた。

この世界に俺たち二人しかいないような、そんな夢うつつ。

そして。

俺はゆっくりと。

結花の唇に、顔を近づけて――――。

「……おーい！　さーかーたぁー!!」

インターフォンが鳴り響く。

それと同時に、玄関先から聞き覚えのある声が聞こえてきて……俺と結花は、どちらからともなくバッと身体《からだ》を離した。

そして、二人で顔を見合わせて。

「い、今のって二原さんの声、だよね？」

「に、二原さんとは！　い、家に遊びに来るような関係だったの⁉」

「違うよ！　違うからこんなに動揺してるの‼」

その間にも、ピンポーン、ピンポーンと、インターフォンが鳴り響く。

「おっかしいなぁ。部屋の電気ついてんのに……さーかーたーってばぁ！」

事情はまったく分かんないけど。

取りあえず、出るしかないか……。

「……どうしたの、二原さん？」

俺はガチャッと玄関の扉を開けて、客人の顔を見る。

ピンク色のジャケットに、ミニスカート。太ももまであるロングブーツ。

そんな、学校とは印象の違う私服に身を包んだ二原さんは——ニカッと笑って。

「やっほ、佐方！　遊びに、来ちゃった☆」

……？

えっと……なんで？

第13話　【修羅場速報】許嫁《いいなずけ》のいる家に、ギャルが押しかけてきたんだけど……

「へぇー、ここが佐方《さかた》の家かぁ。一人暮らしだと、広すぎない？」

「親父《おやじ》と那由《なゆ》が一緒に暮らしてた頃は普通だったけど、確かに『一人暮らし』だと、ちょっと広いかもね。『一人暮らし』だから、広いなぁ！」

一人暮らし、をできるだけ強調してみた。

変な勘繰りをされないように。

「それより二原《にはら》さん……なんでいきなり、うちに来たの？　というか、なんで俺の家を知ってんの？」

「前に言ったじゃーん！　『夏休みになったら、ご飯作りに行ったげんね』って。だから、倉井《くらい》に住所聞いてきたわけよ」

マサ……。

確かにご飯作りに来るとかなんとか言ってたけど、あれ冗談じゃなかったのか。

ギャルの本気と冗談は、うまく区別がつかない。

「あ、そうだ！　今度は倉井とか他のみんなも呼んで、佐方んちで遊ぼ‼」

二原さんの思いがけない発言に、俺はぶっと吹き出してしまった。

俺は思いきり首を横に振って、受け入れ拒否を示す。

「あのね、二原さん。俺は君と違って陽キャじゃないから、みんなを呼んで遊んだりしないの。陽キャはそうやって、すぐに人の家にあがり込もうとするの、やめた方がいいと思うよ？」

「陽キャ関係なくね？　てか、倉井から聞いてんですけどー？　中学の頃は、みんなで佐方んちに集まって、朝までパリピしてたって」

マサ……っ！

っていうか、パリピはしてない。朝までゲームはしてたけど。

「それは中三までの話。それ以降の俺は新しい自分に生まれ変わって、大人数で泊まり掛けで遊んだりとか、一切してないから」

「んー……けど倉井は、高一の頃も二人で朝まで徹ゲーしてたって言ってたし？　最近はなんか、誘っても無下に断られるとか嘆いてたけど。高二で、なんかあったん？」

マサぁぁぁぁ‼

なんでもぺらぺら喋《しゃべ》るなよ……自分の推しのらんむちゃんを見習って、もっと冷静になれって。マジで。

「そういう関係、無下にしちゃだめだよ？　自分の好きな話題で、馬鹿騒ぎできる友達なんて……ほんと貴重なんだからさ」

「そういう二原さんだって、いつも陽キャなメンバーと盛り上がってるでしょ？」

「んー……まぁ、盛り上がりは、してっけどね。佐方と倉井みたいなのとは、ちょい違うんだよ。まぁ、分かんなくていいんだけどねー」

そんなことを、二原さんが笑いながら言っていると。

ガタンッ――と。リビングの方からなんか音がした。

「ん？　今の何……って、そっか！　那由ちゃんが帰ってきてんのかー」

言いながら二原さんは、太ももまであるロングブーツを脱ぎはじめる。

「って、何やってんの⁉　スムーズな動きで、家にあがろうとしないでよ⁉」

「よいではないか、よいではないかー。那由ちゃんにも挨拶したいしさっ！」

那由に挨拶……まさかとは思いますが、その『那由』とは、あなたの想像上の存在――っていうか、二原さんの言う『那由』の格好を普段からしてないんだよ、結花《ゆうか》は⁉

「二原さん、待って！　散らかってたりとか、なんか色々駄目だから‼」

「うぁ⁉　ちょ、ちょっと佐方ってば、そんな引っ張られたらコケちゃ――ぎゃっ⁉」

慌てて俺が服を引っ張ったせいで、二原さんがバランスを崩した。

倒れてきた二原さんの重みで、俺も後ろに倒れる。

そして、その結果……。

――二原さんが俺の上に、覆い被《かぶ》さる形になった。

むぎゅっと、二原さんの豊満な胸が、俺の口元に押し付けられる。

「ひゃっ⁉　ちょっ、佐方！　息吹きかけちゃ……あんっ」

「く、くるし……はなれ……」

「いやあああああああああ⁉」

ホラー映画を観《み》たときみたいな叫び声が、廊下中に響き渡った。

そして、バタバタバタッと、リビングの方から走ってくる音がして。

「離れて、離れてー‼　遊《ゆう》くんとそんなにくっついちゃ、だめぇぇぇぇぇ‼」

「あぎゃっ⁉」

二原さんの呻き声が聞こえたかと思うと。

俺の口元から、二原さんの胸が――ふっと離れた。

酸素が一気に、脳内を駆け巡っていく。

そして同時に――「ああ、終わった」という絶望感を覚える。

だって今の声……明らかに結花だったもの。

「いったたた……あれ？　ん？」

俺はゆっくりと上体を起こす。

そこには、後頭部を押さえつつきょとんとした顔をする、二原さんの姿があった。

あー……さすがにこれは、言い逃れできませんわ。

佐方遊一《ゆういち》の家に、なぜかあがりこんでいる綿苗《わたなえ》結花。

これからあっという間に、俺たちの関係は白日のもとに晒《さら》されて。そこから派生して、結花が和泉《いずみ》ゆうなだってこともバレて、スキャンダルになって。

俺たちの穏やかな高校生活は――幕を閉じるんだ。

「……あ。なーんだ！　やっぱ那由ちゃん、帰ってきてんじゃーん‼」

――ん？

俺はおそるおそる、後ろを振り返る。

そこにいたのは……結花じゃなかった。

茶髪のウィッグをツインテールに結わず、ストレートのままにして。

眼鏡を掛けないで目元を中心にメイクを施して。

いわゆる――二原さんの思ってる『那由』にチェンジした結花が、そこにいた。

「こ、こんにちは！　二原さん‼」

ぺこりとおじぎすると、結花はにこっと微笑《ほほえ》んだ。

服装は部屋着用の水色ワンピースのままだけど……二原さんに見つかっても大丈夫なように、慌てて準備してくれたんだろう。

ナイス機転だよ、さすがは結花！

とか思ってると……結花はじろっと、俺のことを睨《にら》んで。

ちょっと棘《とげ》のある声色で、言った。

「ごめんなさい。『兄』が、失礼なことをして……遊くん？　おっきい胸だからって、そんなに喜んでたら気持ち悪いよ？　おっきいからって」

「喜んでないよ⁉」

「そうかなぁ？　でも遊くんは、胸が大きければ大きいほど、好きじゃんよ」

「お願いだからその勘違い、早く訂正してくれないかな……」

「……ぷっ！　あははっ‼　なぁんだ、佐方ってば、兄妹《きょうだい》で仲がいいんだねぇ」

二原さんがお腹《なか》を抱えて笑いながら、涙目でこちらを見る。

そして二原さんは、ギュッと結花の手を握って。

「那由ちゃん、この前ぶりだねー。やっぱ、めちゃカワっ‼　うち、可愛《かわい》い子見ると癒やされるから……ちょー那由ちゃんと会いたくて、堪《たま》んなかったんだよ？」

「あ……え、えーと。こ、光栄です？」

結花が首を捻《ひね》りながら、もう一度おじぎをした。

そんな二人を、交互に見ながら。

俺は――だらだらと冷や汗が背中を伝うのを感じた。

◆

「はぁぁ……那由ちゃんの淹《い》れるお茶、最高だわぁぁ」

一人でなんかくつろいでる二原さん。

そんな彼女を尻目に、俺と結花はキッチンの陰で、こそこそ話す。

「……どういう理由があって、二原さんがうちでのんびりしてるの？　はっ！　ま、まさか遊くん……浮気《うわき》を私に見せつけるためにっ⁉」

「……いやいや、その理屈はおかしい。落ち着いてこれまでのことを振り返ってみて？　陽キャなギャルとか、三次元苦手な俺の天敵でしょ？　陽キャが勝手に家にあがりこんできただけだから。ぬらりひょんみたいなもんだから」

「……確かに。遊くんは二股したりする、不潔な人じゃないもんね……えへへっ」

なんて言いながら、照れ笑いをはじめる結花。

一人で勝手に怒ったり、勝手に上機嫌になったり。

単純なんだから、まったく。

「二人とも、何やってんのさぁ」

ソファに腰掛けてる二原さんが、キッチンの俺たちに話し掛けてきた。

「ほらぁ。佐方は早く、うちの胸に飛び込んできなってぇ。うちってこう見えて、やわっこいことで有名なんだからっ☆　あ。女子の間での話だかんね？　安心してっ！」

何が安心なのか、全然分かんない。

そして隣では結花が、ジト目でこっちを見てる。

なるほど、これが冤罪《えんざい》ってやつか。今度から電車では吊《つ》り革に摑《つか》まろう。

「二原さん。俺は別に、そういうの求めてないからね？」

「そうですっ！　そもそも遊くんは、私の……っ！」

慌てて結花の口元を塞ぐ。

もごー、もごー、と言いながらバタつく結花に、俺は声を潜めて尋ねる。

「……結花？　今、なんて言おうとしたの？」

「……遊くんは私の許嫁《いいなずけ》、って言おうとしました。はい」

「……それを言った場合、どうなると思ってたの？」

「……二原さんにバレたら色々まずい、ってことはすぽーんと抜けてました。はい」

ぺこりと頭を下げるけど、唇をツーンと尖《とが》らせたままの結花。

あ。これ、謝ってるふりして、全然悪いと思ってないやつだ。

爆弾発言をぶっ込もうとするのは、本気で勘弁してほしいんだけど……。

「『私の』？　私の、なぁにっかなー？　那由ちゃーん？」

ひょこっと、二原さんがキッチンに顔を出した。

俺と結花は慌てて、お互いの距離を取る。

「あ、いえ……なんでもないです、はい」

「あはははっ！　那由ちゃんってば、倉井の話と違くて、ブラコンなんじゃーん‼」

「ブ、ブラコンとかでは……」

「でも、佐方のこと好きなんでしょー？」

「はい」

結花、結花。

俺は結花のワンピースを引っ張って、喋《しゃべ》るのを止めようとする。

っていうか、本物の那由が聞いたら血の雨が降るよ、この会話……。

とにかく早く、話を切り上げないと。

「でもほんと、那由ちゃんってば、めっちゃ可愛いよね……佐方、こーんな妹がいて、羨ましいわぁ」

「そ、そうだね。自慢の『妹』だよ、『妹』！」

「うちに嫉妬しちゃうとこも、兄ラブな感じで可愛《かわい》いし？」

「そ、そうだね。『兄』離れできない『妹』だからね！　可愛いけどね、『妹』として‼」

「那由ちゃんが、うちの『義理の妹』――うん！　悪くないねっ！」

「そ、そうだね。二原さんの『義理の妹』――うん？」

相槌《あいづち》を打ちかけて、俺はなんだか流れが変わったことを察知する。

そして二原さんは――完全なる爆弾発言を、口にした。

「那由ちゃん！　突然だけど、うちが……佐方のカノジョになっても、いーい？」

「駄目です帰ってください」

　秒の勢いで、結花が二原さんの発言を拒絶した。

「なんでー？　うち、佐方を大事にするし、那由ちゃんもめっちゃ可愛がるよ？　こー見えて、面倒見いいんだから」

「知りません帰ってください迷惑です」

　結花が二原さんの背中を、強く押しはじめる。玄関の方に向けて。

「すみません。二原さんは、たーだーのっ！　『兄』のクラスメートなんですよね？　これまでそんな空気もなかったのに、そんなことを言われたところで、『兄』も困惑すると思います。あと、失礼ですけど二原さんみたいなギャルと、陰キャなうちの『兄』とでは、まーったく！　これーっぽっちも！　合わないと思うのですがっ‼」

　結花、結花。

　それ、俺にもダメージくるやつだから。

「これまでそんな空気……は、確かにないんだけどさ」

二原さんがぽつりと呟《つぶや》く。

「佐方がね、過去を振りきれたんなら良かったなって……この間は思ったんだよ。でも、今度は『妹』に欲情するってのも……やっぱ、ヤバくね？　って思ったわけよ。うちは」

「え？　俺、そんな変質者みたいに思われてるの？　マジで言ってる？」

「大マジだっての！　だから、この桃乃《もも の》様は考えたわけ。佐方が過去を振りきって、しかも変な性癖を抱かず済むには……うちが一肌脱ぐしかないって！　私が佐方を救う、ヒーローになったげるって‼」

「なんでそうなるの⁉」

さすがはギャル。

どうしてそんな結論に至ったのか、欠片《かけら》も理解できない。

そして隣では、なんかめらめらと炎を纏《まと》っている結花の姿が。

「……こんなの、絶対おかしいです。だから、そんなの……私が許さないです！」

「でもさ？　やっぱ、兄と妹のラブってのは、社会的にアウトなわけよ。かといって、佐方にいきなりカノジョができるわけないっしょ？　だから、うちが一肌を……」

「もぉ！　だったら、言わせてもらいますけどね⁉　本当は私、遊くんのいいなずー―」

――ピリリリリリ♪

「ああ、終わった」と諦めかけた瞬間、俺のスマホが着信音を鳴らした。

おかげで二人の言い合いが間一髪のところで中断されたけど……誰これ、非通知？

「はい……もしもし？」

『家族以外、早く帰らせろ』

「はい？　家族以外、帰れ？　何それ？　っていうか、誰？」

『死にたくないなら、早く帰らせろ』

「え、死⁉　どういうこと⁉」

さすがに意味不明すぎて、動揺する俺。

そんな空気を読んだらしい、二原さんはふぅと息を吐き出して、にこっと笑う。

「よく分かんないけど、バタついてんなら今日は帰ろーっと。でも――うちの考えは変わんないかんね。おけ？」

「だめっ！　遊くんはぜーったい、渡さないもんっ‼」

結花がムッとした口のまま、二原さんをぐいぐいと押す。

そんな結花にへらっと笑い掛けて、二原さんはひらひらと手を振った。

「んじゃ、またね。二人とも−」

そうして、二原さんは——我が家から退散した。

その様子を見送ってから、俺は非通知の相手に再度話し掛ける。

「家族しかいなくなりましたが……えっと」

『——知ってるし。けっ』

非通知の相手が、急に聞き覚えのある口調に変化した。

それと同時に、二階からトントンと足音が聞こえてきて。


——本物の、佐方那由が現れた。


「な、那由ちゃん⁉」

「お前なんで、二階から普通に出てきてんの⁉」

俺たちの動揺とは裏腹に、那由はけだるげに話しはじめる。

「驚く意味が分かんないんだけど。今日から兄さんたち、夏休みっしょ？　だからゆっくり帰省してやろうと思って、帰ってきた妹様が、鍵を開けて入ってきました。以上」

「えっと……それで、さっきの非通知電話をしてきたと」

「帰ってきたら、知らないギャルと揉《も》めてっから。マジうざいし、邪魔だし、追い出したかったから、とりま二階から電話して脅かしてやったわけ」

そこで非通知電話をしようって思うのが、ひねくれ者の那由らしいよな。

驚いたのは、二原さんっていうより、むしろ俺たちの方だし。

「まぁ、でも結果オーライか。ありがとな、那——」

「……で？ なんで結花ちゃんが、あたしの名前で呼ばれてたわけ？」

俺が言い終わるよりも先に。

物凄《ものすご》い怒りの籠もった目で、那由がギロッと睨《にら》んできた。

「ゆっくり話を聞かせてもらうし。内容によっては……兄さん、マジ死刑」

あ。これ、駄目だ。

だって、どう説明したってこんなの、こいつが納得するわけないから。

……………死刑確定じゃん。

第14話　妹にマジギレされたとき、お前らならどうする？

「……話は分かった。兄さん、死ね。マジで死ねし」

カーペットの上に正座してる俺を侮蔑の眼差《まなざ》しで見下ろすのは、『本物の』我が妹——佐方那由《さかたなゆ》。

黒髪のショートヘアに、化粧っ気のない中性的な顔立ち。

へそが出るほど短いTシャツにジージャンを羽織り、ショートパンツを穿《は》いている。

そんな、少年とも少女ともつかない出《い》で立ちの那由は、ソファの上で腕と脚を組んだまま、大きな舌打ちをした。

「ちっ……マジで死ねば？　ネットでポチってあげるし、ギロチン」

「ギロチンなんて、ネット通販で売ってなくない？」

「知らないし。ってか、言い訳すんな」

兄を兄とも思わない暴言の嵐。あと、今のは別に言い訳じゃない。

……まぁな。

これまでの流れを耳にして、我が家一の暴君な那由が、キレないわけないんだけど。

二原《にはら》さんに、和泉《いずみ》ゆうなの格好をしてる結花《ゆうか》を見られて。

スキャンダルや学校内の噂《うわさ》を避けるため、妹だと誤魔化したはいいものの。

何を思ったのか、そのギャルが家に押し掛けてきて……彼女になる宣言をしてきた。


説明してるこっちも、どうしてこうなった感がひどすぎて、ため息しか出ない。

まぁ、もともと苦しい言い訳をした俺が悪いのは分かるんだけどさ……。

「ってか、兄さん。結花ちゃんに変態セーターを着せた挙げ句、その痴女を妹——つまり、あたしだって言ったわけっしょ？　はぁ……マジでキモい。無理。淫獣」

「ち、痴女⁉　那由ちゃん、私が好きで着たわけじゃないんだけど⁉」

「結花ちゃんは悪くないし。こいつのドスケベ調教で痴女にされただけの、ただの被害者だから」

「なんかそれ、フォローになってなくない⁉　そうじゃないんだってばー、もー‼」

顔を真っ赤にして手足をバタバタさせる結花。

ウィッグを外してメイクを落とした結花は、普段着スタイル。

ふわっと膨らんだ黒髪をぶんぶん横に振って、必死に弁明してる。

「はぁ……久々に帰ってきたら、これだよ。あたしの楽しみな気持ちを返して、マジで」

「悪かったよ、色々と……でも、本当に那由があそこで非通知電話してくれて助かった。ありがとな、那由」

「……けっ。褒めてもぜってー、許さないし」

ぷいっとそっぽを向きつつ、那由は毒を吐く。

「ってかさ。なんなの、そのギャル？　ギャル目線の兄さんとか、珍獣みたいなもんっしょ？　珍獣に色目使って……嫌な予感しか、しないし」

「那由、那由。さすがに珍獣は言い過ぎ……」

「口答えすんな、許嫁《いいなずけ》ドスケベ調教師」

「だから那由ちゃん！　それ私にもダメージあるからね⁉」

俺と結花のメンタルを削りつつ、那由はアゴに手を当て思案するように独《ひと》り言《ご》ちる。

「……ねぇ兄さん。そのギャル、ひょっとして中学でも同級生だった？」

「ん？　あぁ、中三で一緒だったけど……？」

「中三――なるほど、大体分かった」

何が分かったのか全然分かんないけど。

那由はソファから立ち上がり、ビシッと俺のことを指差してきた。

「そのギャル、あの淫魔の同類だわ。マジで」

「……………淫魔？」

「分かれし。あいつだよ。らい……うぐっ、名前を出すだけで気持ち悪い……ら、らいら……はぁ、はぁ……っ‼」

「面倒くさいな、お前⁉ 誰のこと言ってんのか分かったから、もういいよ‼」

ちらっと結花の方を見る。

結花は複雑そうな顔でニコッと微笑《ほほえ》んで、「うん、分かるよ」と呟いた。

――――野々花来夢《ののはならいむ》。

俺の初恋の相手にして、黒歴史の象徴。

「あたしには見える。あの淫魔が、ギャルに生まれ変わって、再び兄さんにハニトラ仕掛けてるとこが……」

「すごい妄想だな、お前」

那由はあの事件以来、来夢のことを嫌い続けてる。

だけどなぁ……実際のところ、調子に乗って陽キャぶってたのは俺だし。

「絶対付き合える！」とか、勝手に思い込んでたのも俺だし。

クラス中に冷やかされたのは確かにきつかったけど、どういう経路でそんな噂が回ったのかは分からないままだし。

起こったことはトラウマだけど、来夢には良くも悪くもなんの思いもないんだけど……

那由としてはどうも、納得いかないらしい。

「兄さん。今すぐ、あのギャルに電話」

「は、なんで？」

「『貴様みたいなビッチ、願い下げだ！』って、ビシッと断れし」

「お前、結構馬鹿だよな？」

なんか頭痛くなってきた。

「そもそも二原さんの電話番号とか、知らないって……俺がギャルと電話番号の交換とか、するわけないだろ？」

「む……確かに」

「まぁまぁ、那由ちゃん。取りあえずさっ！」

そんな、重苦しい空気を振り払うように、結花が声を上げて立ち上がった。

そして、難しい顔をしてる那由の肩をポンッと叩《たた》いて。

見てるこっちまで楽しくなるくらい笑う。

「久しぶりに帰ってきたばっかで、疲れてるでしょ？　私がなんかおいしいもの作るからさ。ちょっとご飯でも食べて、ゆっくりしようよ」

「結花ちゃん……」

俺相手には絶対見せない、しおらしい態度になったかと思うと。

那由は床に視線を落としながら、唇を尖《とが》らせたまま答える。

「……ぺぺる」

「んっ！　ペペロンチーノスパゲティ、承りましたっ‼」

ビシッと敬礼のポーズでおどける結花。

その言葉に、那由はパッと視線を上げる。

「よく分かったね……今ので」

「前に来たときも、ぺぺロったー、って言ってたじゃんよ。分かるよ、それくらいー」

「そんなの、覚えてないっしょ。普通」

「んー。まぁ、全然知らない人が言ってたことなら、忘れちゃってたかもだけど。那由ちゃんだもん、覚えてるってば」

「……結花ちゃん」

結花は「じゃあ、ちょっと待っててね」と言い残して、キッチンの方に消えていった。

那由はその場に立ち尽くしたまま、結花の後ろ姿を、ボーッと見つめていた。

そして、ぽつりと。

「結花ちゃん。マジ天使」

あ、デレた。

ツンしかないことで有名な那由を手なずけるとは……さすが結花。

とかなんとか、感慨に耽《ふけ》ってると。

「それに比べて……マジないんだけど！」

凄《すさ》まじい勢いの手刀が、俺の無防備な脇腹を捉えた。

あまりの痛みに声も上げられないまま、俺はその場にうずくまって身悶《みもだ》えする。

そんな俺を見下ろしたまま——那由は呟《つぶや》いた。

「決めたし。あたし、絶対……結花ちゃん以外の悪い虫を、蹴散らす」

◆

——結花ちゃん以外の悪い虫を、蹴散らす。

そんな物騒なセリフを吐いたもんだから、何をしでかす気だとハラハラしてたけど。

夕飯のときも、風呂《ふろ》が終わった後も、那由の様子は普段と変わらない。

緩めのTシャツにショートパンツなんてラフな格好で、だらんとカーペットに寝そべり、手元のトランプをじっと見てる。

「……結花ちゃん、ダウト」

「ぎゃー!?」

結花が手札をバサバサッと床に落として、がくりとうな垂れる。

できれば、勢いよく頭を下げないでほしい。水色のワンピースの肩紐《かたひも》がずれちゃって……なんか目に毒だから。

「うぅ……もう少しで上がりだったのにぃ……」

「結花ちゃん、顔に出すぎだし。バレバレだから、マジ」

「那由ちゃんがポーカーフェイスすぎるんだよぉ……」

俺と結花と那由の三人は、カーペットの上でだらだらとトランプで遊んでいた。

結花と那由は、前に会ったときより打ち解けて、お互いリラックスしてる感じ。

「あ。結花ちゃん。それ、ダウトっしょ」

「えぇぇ⁉　なんで、なんで、もぉー‼」

……こうして戯《たわむ》れてると、なんだか本当の姉妹みたいだな。

無邪気な結花と、結花に対しては素直な那由。

そんな二人が楽しそうに遊んでるだけで、なんだか見てるこっちがほっこりしてくる。

「はぁ……これで四連敗だよ。那由ちゃんってば、強すぎー」

「結花ちゃんがマジ弱いだけだし……けど。あたし、思った」

負け越しでテンションの下がっている結花を、那由はじっと見つめる。

そしていつもどおりのポーカーフェイスで、言った。

「結花ちゃんって、いいお母さんになりそう」


――――ん？


「結花ちゃん、マジ優しいし、母性あるし。子どもとか、めっちゃ可愛《かわい》がりそう。理想のお母さん、って感じ？　マジで」

「え、そ、そうかな？　そんな、たいそうな者でも、ありませんが……てへ」

「いやいや、マジいけるから。今すぐ、いけるから。だから――ママになるべし」

言うが早いか、那由はリビングの端まで駆け出した。

そして——カチッと電気を消す。

「きゃっ⁉」

トランプに興じていたリビングが一変、暗闇に包まれる。

そんな中——バタバタと走る音が聞こえたかと思うと、「ひっ⁉」と結花の小さな悲鳴が聞こえた。

「結花⁉　どうしたの？」

「う、後ろから誰かに、は、羽交い締めにされて……」

「安心して、結花ちゃん。あたしだから」

「いや、安心じゃないよな⁉　なんでお前、いきなり結花を羽交い締めにしてんだよ⁉」

「……簡単なことだし」

ふぅっとため息が聞こえたかと思うと。

那由の堂々たる宣言が、部屋中に響き渡った。

「悪い虫がつかないよう、二人の既成事実を作る——これが最高最善の方法じゃね？」

「お前、思った以上に頭悪いな⁉」

想像を絶する斜め下な発想に、全身の力が抜ける。

「お前な……さすがに兄として、妹の将来が心配になるレベルだぞ、これ」

「四の五の言わずに、勇気出せし。心配いらないから。あたしだって……叔母として頑張る気だから！」

「心配どころはそこじゃねぇ‼」

「見てないから。あたし、目を瞑《つぶ》るから。ちゃちゃっと、既成事実を作って……」

「──那由ちゃんの、ばかぁぁぁぁぁ‼」

「ぎゃっ⁉」

なんかドスって音がした。

「うぐぅぅ……」と、なんか那由の呻《うめ》き声が聞こえた気がする。

俺はそそくさと移動して、リビングの電気を点《つ》けた。

「那由ちゃん、めっ！　さすがに怒るよ、もー‼」

結花が腰に手を当てて、しゃがみ込んでる那由に向かって説教してる。

その顔は、これまで見た中で一番真っ赤。

一方、肘鉄でも食らったんだろう、鳩尾《みぞおち》を押さえて悶絶《もんぜつ》中の那由。

「那由ちゃん、こんないたずら、軽々しくやっちゃだめでしょ‼　こ、こういうのは……女の子にとって、すっごく大切なイベント……なんだからぁ‼」

「い、いたずらじゃなく……あたしは、本気で……」

「余計にたちが悪いでしょ、それならっ！」

そうして、珍しく本気で説教モードになった結花に、こんこんと怒られて。

那由は半泣きになりつつ、結花に聞こえない声量で言った。

「……これも全部、野々花来夢のせいだ」

駄目だ。

こいつ、ぜんっぜん反省してないわ。

第15話　ギャル「彼のこと好きでしょ?」許嫁《いいなずけ》「で?」まさかの展開に

「ねぇ、兄さん」

「ぎゃっ⁉」

完全に寝入っていた俺は、顔面に枕を投げつけられて、最悪な寝覚めを迎えた。

上体を起こすと、結花《ゆうか》が隣ですぅすぅと寝息を立てている。

そして、パジャマ姿のまま、上から俺を見下ろしてる——那由《なゆ》。

「なんだよ、こんな真夜中に……」

俺は頭を掻《か》きながら立ち上がり、那由と一緒にリビングへ移動した。

冷蔵庫から取り出した麦茶を飲みながら、俺は那由の言葉を待つ。

「…………」

「……兄さん。あのさ……えっと」

言い淀《よど》むなんて珍しいな。

いつも、なんでも好き勝手に言うくせに。

まぁ——なんとなく話したいことは分かるし、俺の方から振るか。

「二原《にはら》さんとは、別になんでもないし。結花以外の三次元女子と、どうこうなんて……考えないし、あり得もしないって。だから、安心して行ってこいよ」

二原さんとのゴタゴタがあった日から、一週間弱。

那由は主に結花と遊んだり出掛けたりして、我が家でリラックスして過ごしていた。

そして明日からは、昔の友達と遊んだり、旅行に行ったりするらしい。

帰ってきたついでに、日本を満喫する気満々だな、こいつは。

「……あたしさ。結花ちゃんのこと、お義姉《ねえ》ちゃんだと思ってんの。マジで」

「そっか」

「冷静に考えて、野々花来夢《ののはならいむ》とギャルが繋《つな》がってるとか、ないだろうし……野々花来夢の件は、もう過去のことなんだけど。でも……やっぱ心配。兄さん、マジで女に弱いから」

人聞きが悪いな。

ゆうなちゃんに一目惚《ひとめぼ》れしたのと、結花との婚約以外で、浮いた話なんかなかったろ。

「あのな……俺もさ。結花になら、お前を安心して任せられるんだよ」

「はぁ？　なんであたしの話してんの？　あ、あたしは別に……」

「お前って、素直じゃないだろ？　そんなお前が、なんか楽しそうに結花と過ごしてるのを見てると……兄としては、嬉《うれ》しいんだよ」

ある日突然、母親がいなくなって。

そのせいで父親は、しばらく無気力になって。

それとは別に、陽キャぶってた兄が急にメンタルやられて、三次元女子を避けるようになって。

そんな落ち着かない家の中で、那由は……ろくに甘えることもできないまま、ここまで育ってきた。

だからお前が、結花と素直に関われてるのを見るとさ——本当に、嬉しいんだ。

「俺にとっても、お前にとっても。結花は大切な存在だと思うから……俺もちゃんと、結花を大切にする。ゆうなちゃんは別次元だけど。それ以外の女子は……心配すんな」

「……けっ。分かったし」

那由はふっと、表情を和らげた。

そして、俺のことをいたずらな顔で見つめて。

「もし嘘吐《うそつ》いたら……ハリネズミ百匹飲ませるから、マジで」

そうして那由は、友達との日本観光へと旅立っていった。

一方、俺と結花は。

明日から、いよいよ――校外学習に出掛けることになる。

◆

うちの学校には夏休みのカリキュラムとして、三年生で修学旅行、二年生で校外学習を実施するのが慣例になっている。

そして、今日からの校外学習は――キャンプ場で二泊三日を過ごすというもの。

アウトドアが好きじゃない俺にとって、学校のメンツとキャンプに行くなんて苦痛でしかないんだけど……それに加えて、もうひとつ懸念《けねん》がある。

「やっほー、綿苗《わたなえ》さんっ！　数日ぶりだねぇ、元気だった？」

「普通」

学校のグラウンド。

バスが来るのを待ちつつ、みんながわいわい騒いでる中で――二原さんが結花に、なんか絡《から》んでる。

眼鏡にポニーテール。

そして、やたら硬い表情と態度。

そんな結花と那由（偽《にせ》）が同一人物だとは、さすがに二原さんも気付かないとは思うんだけど。

二泊三日なんて長い期間だと、ボロが出ないか……少し心配になる。

「同じグループだしさ。楽しい校外学習にしよーね、綿苗さん！」

「まぁ」

結花は相変わらずの塩対応だし、二原さんは相変わらず鋼のメンタル。

そんな光景を、ぼんやりと眺めていると。

結花と俺は——ふっと目が合った。ヤバい。

「…………なに、佐方《さかた》くん？」

機転を利《き》かせてくれたんだろう、結花が冷たく突き放す。

「あ、ああ……なんでもないよ、ごめんね」

二原さんに怪しまれる前に、この場をやり過ごそう。

相変わらずポーカーフェイスな結花に感謝しつつ、俺は二人に背を向けた。

「……綿苗さん、だめだってー。そんな素っ気ない態度したら、佐方に誤解されんよ？」

ふいに。

後ろでひそひそと、二原さんが結花に話し掛ける声が聞こえた。

俺は聞いてないふりをしながら、二人の会話に耳をかたむける。

「……意味が分かりかねます」

「そんな冷たい言い方したら、佐方が勘違いすんじゃん？　自分が綿苗さんに嫌われてるんじゃね？　って」

「……で？」

相手の出方を窺《うかが》っているのか、いつも以上に言い方がきつい結花。

だけど二原さんは、そんなこと気にする様子もなく。

おそるべき爆弾を――投下した。

「だって綿苗さん……佐方のこと、異性として好きっしょ？」

「は……はぁ⁉」

思いがけない言葉に動揺したのか、いつもの淡々とした綿苗結花の態度が崩れた。

それに対して二原さんは、「うんうん」と、なんか納得したような反応をしてる。

「やっぱ、そっか。だって綿苗さん、普段からめっちゃ佐方のこと見てるもんねー。他の男子と、佐方を見る目――なーんか違う気がしてたんだよ！」

「ち、違わないです。妄想甚だしい……」

『触れるなオーラ』を全開にして、話を打ち切ろうとする結花。

だけど、陽キャなギャルは臆することもなく。

「まぁ、校外学習は長いしー……ゆっくり話そっ、綿苗さん？」

◆

「おい、遊一《ゆういち》。なんでそんな、浮かない顔してんだよ？」

バスに揺られながらボーッとしてると、隣に座ってるマサが顔を覗《のぞ》き込んできた。

「なぁ、マサ。仮にお前が、殺人事件の犯人だとしてさ」

「どういう前提条件だよ」

「まぁ聞けって。犯人には『共犯者』もいるとしてな。その『共犯者』に、不自然なくらい絡んでるギャルがいたら……お前、どう思う？」

「どういうことだよ……見た目はギャル、頭脳は大人、その名も——名探偵ギャルン！みたいなことか？」

ぶつぶつ言いながら、マサはアゴに手を当てて真面目に答える。

「まぁ、共犯者がボロを出したらまずいわけだし……ギャルと共犯者が二人っきりにならないよう、立ち回るしかないんじゃねぇの?」

「やっぱ、そうだよな……ギャルが共犯者に近づきすぎないよう、犯人が見張るのが定石だよな」

「……お前、誰か殺したの?」

マサがめちゃくちゃ怪訝《けげん》な顔をしてるけど、適当にスルー。

車中ではクラスメートたちがわいわいと、談笑に耽《ふけ》ってる。

そして、俺の前の席では——。

「ね、ね、綿苗さん! このお菓子、一緒に食べよーよ」

「食べないです」

「ってかね。昨日TV観《み》てたらさ、自分の好きな俳優が、映画で声優初挑戦とかやってたわけ。けど、なんかめっちゃ棒読みでさぁ。なんだろね? 俳優と声優じゃ、やっぱ違うもんなんかね?」

「さぁ」

なぜか隣同士に座ってる結花と二原さんが、ずっと二人で話してる。

まぁ、『結花:二原さん=1:99』くらいの割合だけど。喋《しゃべ》る量が。

多分、二原さんが結花の隣に座りたいって言ってきたんだろうな。学校の結花はお堅くて、一緒に座るような友達もいないから、断ろうにも理由がないし。

「……でね？　その友達がさ、自撮りをめっちゃ加工してアップしたら、ヤバいくらいバズったわけ。ウケるっしょ？　学校の顔とぜーんっぜん、違うってのにー」

「そう」

……なんでさっきから、際《きわ》どい話題ばっか振ってんの、二原さんは？

声優だとか、学校と顔が違うとか……あとはさっきのアレとか。

――だって綿苗さん……佐方のこと、異性として好きっしょ？

まさか、とは思うけど。

二原さん、ひょっとして……なんか結花の秘密に、気付いてる？

◆

キャンプ場に辿《たど》り着くと、俺たちは四苦八苦しながら、テントの設営を終えた。

アウトドア嫌いな俺としては、もうそれだけで疲れ果てて、何もする気が起きない。

「おい、遊一！　自由時間の間、森の奥まで行こうぜ‼」

「元気だな、マサ。お前、アウトドアとか好きだっけ？」

「んなわけねーだろ、こんな学校行事に興味ねぇよ……森の奥なら、先生に見つかることもねぇだろ？　そこで、こっそり隠し持ってるスマホで、『アリステ』をだな……」

お前、全然ぶれないな。いっそ尊敬するわ。

「いや……なんか疲れたから、俺はどっかで休んでるよ」

「分かった。じゃあ、俺はらんむ様に会いに、ちょっくら森に行ってくるぜ！」

そう言って、生い茂る木々の間に消えていくマサ。

マサの後ろ姿を見送ってから、俺は一人で川辺の方に移動した。

川下は人が多かったから、ひとけのない川上の方で、腰をおろす。

太陽光に照らされた川は、なんだかキラキラ輝いてる。

「……ゆーくんっ！」

川のせせらぎを聴きながらまったりしていると、ふいに名前を呼ばれる。

振り返ったら、そこには学校仕様の結花が……家仕様の無邪気な笑顔で立っていた。

「遊《ゆう》くんが一人で川上に行くのが見えたから、来ちゃった」

眼鏡を掛けてても、こうして笑ってると、なんだか垂れ目っぽく見えるな。

　表情によって、つり目だったり垂れ目だったり、不思議な感じ。

「いや、来てくれたのは嬉《うれ》しいんだけど。あんまり二人でいると、どういう関係？　って、怪しまれるからさ……二原さんとかに」

「二原さん……やっぱり怪しんでるのかな？　遊くんのこと好きでしょ、なんていきなり聞いてきたし……思わず『はい』って答えそうになっちゃったよ」

「なにそれ、怖っ⁉」

「でも、もう大丈夫っ！　次からは気を付けるもん。なんてったって、私は声優……演技力には、自信があるからね‼」


「――おーい！　わったなえさーん‼」


　まさに、そのときだった。

　少し離れたところに、二原さんの姿が見えたのは。

「ど、どうして二原さんがこっちに⁉」

「わ、分かんないけど、取りあえず俺は隠れるから！」

川沿いの少し離れたところに、岩が重なり合って陰になってる箇所がある。

俺が急いでそこに隠れると……ちょうど二原さんが、自分のリュックを担《かつ》いだまま、川辺に佇《たたず》む結花のところまでやってきた。

「……ふぅ、追いついたぁ。どこ行っちゃったかと思ったよぉ、綿苗さん」

「何か用？」

ふっと二原さんを見る結花の瞳は、つり目がち。いつもの学校結花だ。

そんな結花に臆することなく、二原さんは微笑を浮かべながら――。

「佐方のこと、なんだけどね」

単刀直入に、ぶっ込んでくる二原さん。

結花は無表情のまま、相手の出方を窺ってる。

いいぞ、結花。そのままポーカーフェイスを貫いて、この場を凌《しの》ぐんだ！

「綿苗さんと佐方って、お似合いなカップル感あるよね」

「ほ……ほんと⁉」

結花⁉

「ほら、保育園のボランティアのとき。後から綿苗さんが駆けつけたじゃん？　あのとき、『あ、空気読まなきゃ』って思って帰ったんだよね……なんか二人、いい感じだなって」

「そ、そうかな……」

結花!!

「――で。綿苗さん、真面目な話……佐方のこと、好きっしょ？」

「別に」

結花が急にキリッとした顔をして、眼鏡を直しつつ言った。

いやいやいや。今さら遅いでしょマジで？

明らかに途中、ポーカーフェイス崩れてたし。演技力どこいったんだよ……。

「……綿苗さんって結構、強情だよね。さっきまで明らかに、佐方のこと好きな風に喋ってたってのに」

「別に」

「佐方が綿苗さんのこと、可愛《かわい》いって言ってた気がする」

「ほんと!?」

「やっぱ佐方のこと、好きっしょ？」

「別に」

無理がありすぎる……俺がアニメの監督なら、撮り直しさせるレベルの演技力だわ。

「もー……こんなあからさまな態度しといて、よくごまかそうとすんね？　綿苗さん」

「……二原さんこそ。どうしてそこまで、この話にこだわるの？」

「綿苗さんと腹を割って話したいの、うちは。だからとりま、佐方のことが好きなら、認めてほしいわけよ。おっけ？」

「なるほど」

「じゃあ――佐方のこと、好き？」

「別に」

「もぉー‼」

まるで埒《らち》のあかない会話が、堂々巡りする。

それでもしつこく話し掛けてくる二原さんに対して、結花は深くため息を吐《つ》いた。

「私は誰かに、自分のことを話すのは駄目なの。二原さんは、いつもみんなになんでも話せてるから……こんな感覚、分かってもらえないかも、しれないけど」

「……なんでも話せてなんか、ないし」

結花の言葉に、ふっと二原さんの表情が曇る。

そして、真面目な顔をして。

「うちにだって――誰にも言えない『秘密』くらい、ある」

「……だったら。私が言いたくない気持ちも、分かるでしょう？」

結花は少しだけ困惑した表情をしながら、それでもはっきりと伝えた。

二原さんは大きなため息を漏らしながら、額に手を当てる。

「あー……うん、そだね。確かに、綿苗さんの言ってる方が、筋が通ってんね」

「それじゃあ、この話は終わり――」

「綿苗さんの言うとおり……一方的に秘密を話してってのは、フェアじゃなかったよ！　おっけ、うちも――腹を括《くく》ったから‼」

「え、いや、そういうことでは……」

結花が動揺する中で、なんだか決意を固めたらしい二原さんは、担いでいたリュックをおろし――ごそごそと何かを探しはじめる。

「綿苗さん。うちさ……なんかいつも明るくフリーダムにしてる、陽キャなギャル！　って、周りには思われてるけど。うちには――こんな『秘密』が、あるわけよ」

そうやって重々しい口調で言いながら。

二原さんは、リュックから――。

——『銃』を取り出した。

いや、正確にはこの間……二原さんが店先で触ってるのを見て、俺が買って帰ったやつ。

和泉《いずみ》ゆうなを含む、色んな声優のボイスが収録されてる——特撮作品のおもちゃだ。

「さぁ、お前のショータイムを変える、通りすがりの唯一人……参上！　仮面ランナーボイス‼　ぶっちぎるぜぇ……」

『ボイスバレット【チェンジ】』

決めゼリフを口にして、銃の引き金を引く。

そしてキレッキレのポージングを決めてから。

二原さんは、くるっと——結花の方を見た。

「何これ？　って感じっしょ？　でも——これが、うちの『秘密』」

そして二原さんは、大きく息を吸い込んで、言った。

「こんな見た目だけど、うち……結構な、特撮ガチ勢《ぜい》、なんだよね」

第16話　【綿苗結花《わたなえゆうか》】地味子とギャルが仲良くなったきっかけ【二原桃乃《にはらももの》】

夏休みの校外学習で、二泊三日のキャンプに来ていたところで。

俺は川辺の岩場に隠れて、息を潜めていて。

学校モードの綿苗結花は、普段は見せないような驚きの表情で、立ち尽くしていて。

そして、二原桃乃は――なんか『銃』の形をした特撮作品のおもちゃをかまえて、はにかんでる。

何このカオス。

「……えっと。特撮ガチ勢、ってことは。特撮作品が、好きなの？」

「そ、そうだよ！　コスモミラクルマンも、仮面ランナーも、スーパー軍団シリーズも……もちろんマイナー作品だって愛してる‼」

「そ、そう……お兄さんとか、弟さんとか、いるの？」

「ひ、一人っ子だけど？　だから、兄弟の影響で特撮好きになったとかじゃなく……私が単純に、ちっちゃい頃からはまってる感じ……」

いつになく緊張した面持ちで、自分の趣味を語る二原さん。

俺も趣味をオープンにするのが得意じゃないから、その緊張感は理解できるんだけど。

普段の二原さんのキャラなら、あっけらかんと言いそうなのに……なんだか不思議。

「そっか……どんな作品が、面白いの？」

そんな二原さんに対して、結花は穏やかな口調で言った。

二原さんの緊張をほぐすような、温かな声色で。

「最近の一推しはこれ……仮面ランナーボイス。人間の嘆きや悲鳴を喰《く》らい成長する、闇の生命体『シュレイカー』――それに対抗するべく、太古の人類が造り出した『声霊《せいれい》』の力で姿を変え、人類の平和のために戦う！　それが仮面ランナーボイス‼」

なんか途中から、すごい早口で語り出した。

いつもの二原さんと違って、なんていうか……俺やマサみたいな感じ。

「それ……声霊銃『トーキングブレイカー』で、合ってる？」

そんな二原さんに対して、結花がさらっと返した。

お堅くて近づきにくい存在だって、クラスで思われてる綿苗結花が、仮面ランナーの武器名をそらで言う……シュールだな、なんか。

一方の二原さんは――なんか急に、目を爛々《らんらん》と輝かせはじめた。

「わ、綿苗さん？　仮面ランナーボイスのこと、知ってんの⁉」

「そ、そんなに詳しくないけど……ちょっとだけなら」

「いやいや。声霊銃『トーキングブレイカー』って言ったっしょ？　『トーキングブレイカー』って呼称は劇中にも出てくるけど、『声霊銃』はあくまで設定上のもの。玩具《おもちゃ》の記載を見るか、ネットで設定調べないと出てこないやつだよ！」

二原さんが早口でなんか言ってる。

結花は声の収録で関わったから、正式名称を知ってるだけで……本当に、作品自体には詳しくないと思うけど。

「えっと……ごめん。作品はあまり知らなくて。ただ、そのおもちゃを……ちょっと触ったことがあるから」

「へぇ、玩具《おもちゃ》側から入るなんて珍しいね！　確かに『トーキングブレイカー』のギミックは、なかなか趣向を凝らしたものだから、目を惹《ひ》くのも分かるけど‼　……って、ごめん。なんか調子乗って、盛り上がりすぎた……」

「ううん。いいよ、続けて」

バツが悪そうに声のトーンを落とした二原さんに、結花がふっと微笑《ほほえ》み掛ける。

いつも鉄面皮な、学校の綿苗結花の――穏やかな表情。

結花の顔を見て、二原さんはこくりと頷《うなず》き、ピンク色のマイク型アイテムを取り出した。

それを銃の背面に当てると、銃口が鮮やかな光を放ちはじめる。

そして、二原さんは——引き金を引く。

『**ボイスバレット【フェアリー】——チャーミングフェアリー!!**』

和泉《いずみ》ゆうなの声が、大自然に響き渡った。

地面を歩いていた鳥たちが、バサバサッと飛んでいく。

「うちの一推しは、この『フェアリーマイク』。劇中ではまだ一回しか使われてないし、多分この後も使われないんじゃないかな？　メインのアイテムじゃないしね。ちなみにマイクはね、この間ようやく、何駅か離れたところにあるショッピングモールで見事コンプしたんだよ！」

そういえば、前にショッピングモールで会ったとき、おもちゃ屋の袋を持ってたな。

「……なんでそんな、マイナーなアイテムが、好きなの？」

「声が、めっちゃ可愛いから！」

二原さんの思いがけない言葉に、今度は結花が目を丸くする。

心なしか、結花の頬がちょっとだけ赤くなった……ような気がする。

「フェアリーって属性と、この声って、すっごいシンクロしてるっしょ？　他の属性と違って強そうじゃないし、戦闘シーンだと盛り上がんないけど――なんか癒やしの声って感じで、うちは好きなんだ」

瞳をキラキラ輝かせながら、力説する二原さん。

……正直、こんな熱量を持った人だなんて、思ったことなかったけど。

好きなものを語る二原さんの姿は、俺たちがアニメ語りしてるのと、全然変わんなくて。

「二原さんなら、こういう趣味だよって言っても……みんな受け入れそうなのに」

「……ちっちゃい頃はさ、こーいうの平気で喋《しゃべ》ってたわけ。だけど……小六くらいだったかな？　『女子のくせに』とか『子どもっぽい』とか言われて、馬鹿にされて……許せなかったんだよね。うちの悪口は全然いいけどさ！　うちの好きなヒーローたちを馬鹿にされるんだけは、ほんっと許せなくって‼」

ボルテージの上がった、二原さんの発言。

不覚にも俺は、その言葉に……共感してしまった。

――俺もマサも、自分の悪口なら我慢できる。

――だけど、推しを悪く言われるのだけは許せない。

二原さんも、俺たちが『アリステ』に抱いている思いと同じものを持っていて。

その信念を貫くために——自分の趣味だけは、『秘密』にし続けてるんだね。

「いつもつるんでる友達は、普通に好きなんだ。だからこそ、もし特撮の話をして冗談でも馬鹿にされたら……うちがガチギレするに決まってっから。それで関係悪くなってもやだし。特撮も友達も大事だから……秘密ってわけ」

「……そんな大切な秘密を、どうして私に？」

「綿苗さんと腹を割って話したかったんだってば。それに綿苗さんってクールじゃん？　だから、馬鹿にしたりしなそうだし、みんなに言いふらしたりもしないだろうって」

そう言って二原さんは、小さく笑う。

「綿苗さん……佐方《さかた》を見るときだけ、ちょっと穏やかな表情なんだよね。佐方は佐方で、中学の頃に色々巻き込まれて、傷ついた奴《やつ》だから……幸せになってほしいし。だから、綿苗さんが佐方のこと好きなら、二人のためになんかしたいなーって……思ったわけよ」

「……ふふっ。まるで、ヒーローみたいね」

「そんなたいそうなもんじゃないって。ただの……お節介。ありがた迷惑、の方が近いか。ごめんね、一人で突っ走って」

「……うぅん」

──これから結花が何を言うのか。

素の結花を知ってる俺には……なんとなく予想がついた。

「私は、佐方くんのことが……好き」

自分の秘密を開示した二原さんへの誠意として、結花もまた──自分の秘密を晒《さら》した。

それを聞いた二原さんは、嬉《うれ》しそうな笑みを浮かべる。

「やっぱ、そっか」

「二原さん。こっちからも、聞いていい？」

「なぁに、綿苗さん？」

「二原さんも──佐方くんのこと、好きなんじゃないの？」

結花の思いがけない発言に、俺は思わず呆《ほう》けてしまう。

いやいや。そんなわけないでしょ？

二原さんが俺に絡《から》むのは、俺の反応を見て楽しんでるだけで。

こんな陰キャに興味なんか持つわけ、絶対──。

「んー……まぁ、そだね。好き、ではあるかな」

……………え？

耳を疑う返答に、俺は言葉を失う。

「やっぱり。人のこと言えない……じゃんよ」

「じゃんよ⁉　めっちゃ可愛《かわい》い、それ！　もっと言って、綿苗さんー‼」

「うるさいな」

今まで学校で見たことないような、砕けた喋り方になる結花。

それを嬉しそうに見ながら、二原さんは言葉を続ける。

「ただね。うちの好きは……綿苗さんの好きとは違う気がする。うちはほら、中学の頃の佐方を知ってっからさ。あの頃みたいに、また自然に笑えばいいのになーとか。もうちょい元気に戻んないかなーとか。んー……お姉さん目線的なやつ？」

「お姉さんっていうより、ヒーロー目線じゃない？」

結花は小さく笑ってから、まっすぐに二原さんの目を見つめた。

そして、はっきりと――告げる。

「二原さんの好きが、どんな形でもいいんだ。だけど絶対、私の方が――佐方くんのこと、好きだから。だから何があっても……譲らないよ」

表情に乏しくて、あんまり喋らなくて、お堅いイメージ。

そんな、学校仕様な結花が――なんかすごいことを言った。

一瞬きょとんとしてから、二原さんは……ぷっと吹き出した。

「あははは っ！　いいね、いいね……素の綿苗さん、めっちゃ可愛いー‼」

「二原さんだって、特撮トークしてるとき……可愛かったじゃんよ」

二原さんにつられるようにして、結花も笑い出す。

そして、なんだか知らないけど、通じ合った様子の二人は。

しばらくの間、その場で談笑に耽《ふけ》っていた。

◆

自分たちで作ったカレーを食べ終わる頃には、日は随分と西の空に落ちていた。

マサはろくにカレーに手もつけず、テーブルに突っ伏してる。

まぁ、落ち込みはするよな。郷崎《ごうさき》先生にガチャを回してる現場を押さえられて、スマホ没収されたんだから。自業自得《じごうじとく》だけど。

「さーかーたぁ！」

片付けも終わって、自分のテントに戻ろうとしていると。

やたらご機嫌なテンションの二原さんが、へらっとした笑顔で近づいてきた。

茶色く染めたロングヘアが、緩めの胸元に掛かっている。


――好き、ではあるかな。


川辺で結花と話してるとき、二原さんは確かにそう言っていた。

ギャルっぽい見た目ってだけで、ずっと警戒してたけど……あんなのを聞いちゃったら、さすがに多少は意識してしまう。

「……佐方くん、じろじろ見過ぎ」

そんな二原さんの後ろから、棘《とげ》のある一言が聞こえてきた。

そこにいたのは、眼鏡の下から睨《にら》むようにこちらを見ている――結花だった。

「ちょいちょい、綿苗さん落ち着きなって」

「だって、胸ばかり見てるから……」

結花が今までになく、砕けた態度で二原さんと接してる。

新鮮な光景だな、なんて思いながら、ぼんやり眺めていると。

二原さんが、ぐいっと――結花のことを押してきた。

「きゃっ⁉」

よろけた結花は、俺の腕にギュッとしがみついてきて。

結果的に――結花の柔らかな感触が、俺の腕に伝わってくる。

「ほら、佐方ぁ。綿苗さんのこと、ちゃんと見てみ？　可愛い顔、してんだからさ」

「に、二原さん！」

ふっと視線を向けると、学校仕様の結花が、困ったように頬を赤くしてる。

家ではいつもそんな表情だけど、学校だとあんまり見ない顔だから――なんだかギャップを感じる。

「ね、佐方？　そろそろさ、ほんと真人間になんなよ」

「真人間？　え、俺がなんかまっとうじゃないって、思ってんの？」

「『妹』に欲情してる高校生が、まっとうなわけないっしょ」

あー……そうだった。

来夢《らいむ》のことを吹っ切ったけど、今度は妹の『那由《なゆ》』（偽《にせ》）に欲情してるヤバい奴……って、二原さんは認識してるんだったな。

そして、そんな性癖から目覚めさせたいってのと。

俺にも結花にも、幸せになってほしいってのがあって。

俺たちをくっつけようとしてるわけか……二原さんは。

だけどね、大変遺憾なことに。

その『妹』と、綿苗結花――同じ人、なんだよね。

「確かに『那由』ちゃんは、可愛い！　目はぱっちりしてるし、目鼻立ちは整ってるし。でもさ……見てみ？　綿苗さんだって、眼鏡で分かりづらいけど、目はぱっちりしてるし、目鼻立ちだって『那由』ちゃんに負けてないっしょ？」

そりゃ負けてないだろうよ。

だって同じ顔なんだから。


そして――その晩。

「やっほ、佐方たちー」

コテージの男子部屋でくつろいでいたら、急に二原さんがやってきた。

マサや他の男子たちが、一斉に色めき立つ。

「あ。そうそう佐方、郷崎先生が呼んでたよ？」

「え、なんで？」

「知らん。ただ、めっちゃ急いでる感じだったね。早く行った方がいいんじゃん？」

郷崎先生に呼ばれるようなこと、なんかあったっけ？

そう思いつつ、部屋を出ると……そこには、ジャージ姿の結花が立っていた。

「ゆ、結花⁉　なんでこんなとこに？」

「んーと……二原さんがね。遊《ゆう》くんを呼び出すから、ここで待っててー、って」

そういうことか。

郷崎先生のくだりは嘘《うそ》で、二原さんの目的は——俺と結花を二人っきりにすることか。

「はぁ……二原さんって、思った以上にお節介なんだな」

「優しいんだよ、二原さんは」

愚痴っぽく言う俺に対して、結花がやんわりと答える。

「あ、そうだ！　遊くん、こっち来てー」

結花が何か思い出したように、俺の手を引いて早足で歩きはじめる。

歩くたびにふわふわと、ポニーテールが軽やかに揺れる。

そして、結花に連れられるまま——コテージの裏側の方に移動すると。

「ね、すごいでしょ？　こーんなに星が、キラキラしてるのっ‼」

都会では絶対に見られない、満天の星。

俺と結花は並んだまま、しばらくその壮大な景色に身を委ねる。

「……私ね。二原さんと、仲良くなりたいな」

結花がカチャッと眼鏡を外し、澄んだ瞳のまま呟く。

「初めてなんだ。クラスの人相手に緊張しないで、あんなに自分の想いを話せたの。『秘密』を共有したのも、初めてで。なんか……友達みたいだなって、嬉しかったんだよ」

「……そっか」

彼女の中だけで大切にしまっていた、特撮への想いをカミングアウトしてまで。

俺と結花をくっつけようだなんて、お節介なことを考えた二原さん。

――中三のときのことを知ってるから、俺に立ち直ってほしいって願ってて。

――普段はお堅い結花に秘めた想いがあるなら、手助けしてあげたいって思ってて。

結花が言うとおり、根が優しくて。特撮好きが昂《こう》じてか、ヒーローっぽい思考なんだな。

「……おおー」

見た目は、ギャルだけどね。

「あ、遊くん！　流れ星だよ‼」

結花が興奮したように、俺の服の裾をぐいぐいっと引っ張ってきた。

そして、両手を合わせると。

「遊くんとずっといれますように。遊くんとずっといれますように。遊くんと……あー、三回言う前に消えちゃったー。もぉー‼」

空に向かって、大声で不満げな声を上げる結花を見て、俺は思わず笑ってしまう。

そして、結花と一緒に、星に満ちた空を見上げた。

──まぁ、取りあえず。

こんな素敵な夜空を、結花と二人で見る機会を作ってくれただけで──感謝してるよ。二原さん。

第17話　電話になると一オクターブ声が高くなる人、いるじゃん？

校外学習が終わってから、数日後。

俺と結花《ゆうか》はどこに出掛けるでもなく、家でだらっとした夏休みを過ごしていた。

「ねぇねぇ、遊《ゆう》くん！　二原《にはら》さんがね、週末の夏祭り、一緒に行こうって‼」

部屋着姿でソファに寝そべっていた結花は、手にしたスマホから顔を上げると、満面の笑みで言った。

結われていない黒髪が、肩のあたりでふわふわ揺れる。

垂れ目がちな瞳を爛々《らんらん》と輝かせている結花に、思わず笑ってしまう。

「そのＲＩＮＥ、俺にも来てたよ。『綿苗《わたなえ》さんと三人で、夏祭りに行こっ！』って」

校外学習から帰るとき。

二原さんがあまりにしつこく食い下がるから、俺は自分のＲＩＮＥのＩＤを教えた。

そして同じく、結花も二原さんとＩＤを交換したわけなんだが。

結花はスマホをテーブルに置いて、鼻歌交じりに立ち上がる。

そして目を瞑り、妄想の世界にトリップする。

「えへへー。学校の友達とお出掛け……しかも遊くんも一緒だなんて、すっごく楽しみ！　屋台も見に行こうね。あ、浴衣《ゆかた》のサイズ大丈夫かなぁ？」

なんか校外学習以降、結花は終始こんな調子だ。

雑談の合間に二原さんのことを話題に出したり。

日曜朝に早起きして特撮番組を試しに観《み》たり。

とにかく……やたら二原さんを意識してる。

まぁ、コミュ障が極まりすぎて、学校ではお堅い感じに仕上がってる結花だけど。本来は小型犬みたいな子だからな。

懐《なつ》いたら、めっちゃぐいぐい来る感じ。

「二原さんって、浴衣も似合いそうだよね！　ギャルっぽさと浴衣が良い感じのギャップになって、なんか色気ありそう‼」

「確かにギャップは感じそうだけどね」

「……でも、あんま二原さんばっか見たら、やだよ？」

自分から言い出したくせに、なんか急に上目遣いになって、くいっと俺の服の袖を引っ張ってくる結花。

「言われなくても、そんなことしないって」

「どうかなぁー。遊くんはー、基本的にー、胸ばっか見るからなぁー」

「ひどい言い掛かりだな⁉　まったく……相変わらずの焼きもち焼きなんだから」

「……嫌いになった？」

俺の腕を摑《つか》んで、シュッと自分の顔を隠す結花。

そして、にゅっと目から上だけを出して、俺の様子を窺《うかが》ってくる。

「じー」

「…………」

「じ――」

「…………」

「じ――っ！　じじ――――っ‼」

わざと放っておいたら、なんかじーじー言い出した。

まったく、かまってちゃんなんだから。

「はいはい。嫌いになんかならないから。あと、胸ばっか見たりしないから」

「……えへへー。ならば、良いですっ！」

とろけるような笑みを浮かべながら、俺の腕をぶんぶん動かして、はしゃぐ結花。

夏祭りまで、まだ日があるってのに……盛り上がるのが早いんだから、まったく。

――ピリリリリリッ♪

まさにそのときだった。

テーブルに置かれた結花のスマホが……着信音を鳴らした。

画面に表示されてる相手は――二原さん。しかもＲＩＮＥ電話。

「に、二原さんから電話⁉　ど、どうしよう遊くん！」

「どうしようって……普通に出たらいいんじゃない？　なんか用事なのかもだし」

「ど、どんなテンションで⁉　学校の友達との電話とか、慣れてなさすぎて分かんないぃぃ……『きゃっほー、結花だよ☆』みたいな感じかな⁉」

「普段どおりでいいと思うよ……」

なんだ、「きゃっほー、結花だよ☆」って。

いきなりそんな謎テンションで出られたら、二原さんも動揺して切っちゃうでしょ。

「わ、分かった……普段どおり、普段どおり……」

結花は自分に言い聞かせるように、ぶつぶつ呟《つぶや》きながら。

スピーカー設定にして――電話に出た。

『やっほー、わったなえさーん！　元気してるー⁉』

「普通」

　普段どおり、ありえないほどの塩対応。

　さっきまで、ニコニコしながら二原さんのことを話してた結花はどこへやら。

　なんか硬い表情で、じっとスマホを睨《にら》みつけてる。

『なーんでまた、そんなぎこちない喋《しゃべ》り方に戻ってんのさー？　こないだの校外学習で、わりかし打ち解けてくれたのにー』

「別に」

『打ち解けてくれたじゃんよ！　ひどいじゃんよ‼　泣いちゃうじゃんよ！』

「うるさいんだけど！」

　あ、ちょっと素が出た。

　そんな結花の反応に、電話の向こうでけらけら笑ってる二原さん。

『やっぱ綿苗さん、面白いね』

「人をおもちゃみたいに、言わないでよ」

『あははっ！　でさ、綿苗さん……今度の夏祭りさぁ。うち……佐方《さかた》のことも、誘っといたから』

急に自分の名前を出されて、ビクッと姿勢を正す。

その話自体は、既にさっき二人で話していたものの。

なんか、その内情を二原さんが話してるのを聞くのは……なんか気まずい。

『うちと綿苗さんと佐方の三人で、まず集合するじゃん？　んで、タイミング見計らって、うちが消えるから――その後は、二人でごゆっくり的な』

「で、でも……それじゃあ二原さんが、つまらないんじゃ？」

『いいの、いいの！　綿苗さんと佐方が、いい感じになってくれたら――それがうちにとって、最高のイベントだから。ほら、なんならそのまま、おうちにお持ち帰りでもされちゃえば？　きゃー‼』

まさか既におうちにいるとは、二原さんも思わないよな……。

結花も同じことを思ったのか、なんだか複雑そうな表情を浮かべている。

「あ、あの。二原さん……」

『え、やばっ‼　仮面ランナーの特番やってるし！　ごめん、詳しくはまた今度ね。じゃっ！』

――プツッ。

特番という名の急用のため、結花が言い終わるより前に、二原さんは通話を切った。

「二原さんって……やっぱ優しいよね。二原さんになんの利益もないのに、私の恋をこんなに応援してくれて」

「確かにね。特撮ガチ勢《ぜい》がみんなそうってわけじゃないんだろうけど……二原さんはなんか、思考回路もヒーローっぽいよね」

そういえば七夕のとき、二原さんは『世界平和』なんて短冊《たんざく》に書いてたな。

冗談か何かだと思ってたけど、今思うと――あれが本当に、二原さんの純粋な願いだったのかも。

「私ね。二原さんの陽キャな感じ、最初は苦手だなーって思ってたんだけど。今は……もっと仲良くなりたいなって。好きだなーって、思うんだ」

――――ピリリリリリッ♪

「……あれ？　特番観るって言ってたのに、また電話？」

さっき切れたばかりなのに、再びスマホが着信音を鳴らしはじめた。

結花は小首をかしげつつ、さっきのスピーカー設定のまま、電話に出る。

「もしもし？　特番を観るんじゃなかったの？」

『特番？　なんの話をしているの、ゆうな。そもそも……貴方《あなた》、そんな砕けた口調だったかしら？』

周囲が凍《い》てつくほど、クールな美声がスマホから聞こえてきた。

それを聞いた瞬間、結花は——フリーズしたかのように、固まってしまう。

その声には、俺も聞き覚えがあった。

間違いない、これは『六番目のアリス』らんむちゃんの声優——紫ノ宮《しのみや》らんむだ。

『ゆうな？　聞こえている？　らんむだけど』

「あ、は、はい！　え、えっと……えっと……」

動揺のあまり、しどろもどろになりながら。

結花は営業スマイルを浮かべて——言った。

「きゃっほー、ゆうなだよ☆」

◆

『ゆうな。貴方、もう少し声優としての自覚を持ちなさい。これがもし、監督やプロデューサーだったら、どうなっていたと思うの？』

「……はい。大変失礼しました、すみません――らんむ先輩」

相手に見えてないのに、結花は両手を膝に当てて、ぺこぺこ頭を下げている。

まぁ紫ノ宮らんむは事務所の先輩声優だから、縮こまるのも無理はないかもしれない。

先輩とは言っても、年齢的には結花と同じくらいのはずだけど。

ただ、なんだろう――電話口での、貫禄《かんろく》がすごい。

『声優たるもの、いつだって気を抜いては駄目。いつ誰に見られても恥ずかしくないよう、自分の振る舞いを意識しなさい』

「はい、すみません！　頑張ります‼」

『……貴方、相変わらず返事だけはいいわね』

確かに結花の喋り方は、さっき二原さんに向けていたものとも違って、はきはきとしている。声のトーンも、ほんのちょっと高い気がするし。

普段の生活だけじゃなくて、電話でも相手によって、キャラが違うんだな……なんて、ぼんやり考えてしまう。

逆に、紫ノ宮らんむは——仕事仲間との電話でも、イベントやネットラジオのときと印象がまるで変わらない。クールで淡々としていて、仕事に対してストイック。

和泉《いずみ》ゆうなとゆうなちゃんも、似てるところが多いけど。

紫ノ宮らんむとらんむちゃんも……なんだか似てるなって思う。

『——じゃあ、そういうことでお願いするわ』

「はい！　一緒に頑張りましょう、らんむ先輩!!」

そんなことをボーッと考えている間に、仕事の相談が終わったらしい。

息を潜めながら無音で『アリステ』のガチャを回していた俺は、ちらっと顔を上げる。

『ところで。ゆうな、今は家なの？』

「あ、はい！　そうです!!」

『じゃあ……例の弟さんは、そこにいるの？』

紫ノ宮らんむの声色が、瞬時に変わった。

なんだかピリッとした空気が、二人の間に流れはじめる。

「えっと……弟が、どうかしましたか？」

『いるのなら、代わってもらえる？』

「えーと……どうしてです？」

『貴方が偏愛している弟さんが、どんな人なのかと思って。そして、貴方がアリスアイドルの声優として、高みにのぼるための障害にならないか――確かめてみたいの』

とんでもない提案をしてくるな、紫ノ宮らんむ。

『弟』こと俺としては、しゃれにならないくらい怖いんだけど。

「……いやです！」

それに対して。

驚くほどはっきりとした口調で、結花は言いきった。

『どうして？』

「だって『弟』のことは、プライベートな話ですから。いくら相手がらんむ先輩でも……とやかく言われることじゃないです！　私は確かに『弟』のことが大好きですけど、声優だって頑張ります‼　障害になんてなりません、むしろ――私を支えてくれる、大切なパートナーが『弟』なんですっ！」

『……パートナー？　「弟」の話よね？』

「はい、『弟』の話です！」

いやいやいや。

どう考えても『弟』を語るテンションじゃなかったよ？

『本当に、大丈夫なの？　貴方、熱狂的なファン――「恋する死神」だったかしら？　あの人の手紙でも、一喜一憂していたでしょう？　「弟」とはいえ……気に掛かるけど』

ごめんなさい。『恋する死神』も、『弟』も、全部俺のことです。

『まぁ……いいわ。普段、あまり自己主張をしない貴方が、そこまで言うのなら。その言葉を、信じることにしましょう』

紫ノ宮らんむは、ふぅっと息を吐き出して。

最後に、少しだけ――強いトーンで言った。

『ただし。「弟」にかまけて、アリスアイドルを疎《おろそ》かにするようであれば――先輩として、承知しないから』

「……『弟』もアリスアイドルも、大切にします。絶対に！」

紫ノ宮らんむに負けないくらい、結花――和泉ゆうなも、強いトーンで返事をする。

そんな感じで、二人の通話は終わったわけだけど……。

「…………はぁ、つっかれたぁ！」

結花は大きく伸びをすると、ソファにバタッと倒れ込んだ。

そして、手近にあったクッションを抱き締めると、ソファの上をごろんごろん。

オンオフがはっきりしてるな、相変わらず。

「凄《すご》い迫力だね……さすがはらんむちゃんの声優、というか」

「らんむちゃんと、そっくりでしょー？　らんむ先輩はアリスアイドルに対してストイックで、すっごく格好良くて尊敬してるんだけど……緊張したよぉ、もぉー‼」

ソファに寝そべったまま、そばに座った俺の膝を、ぽかぽかと叩《たた》いてくる結花。

二原さんと電話したときの、まだちょっと硬い感じとも違う。

紫ノ宮らんむと電話したときの、素直な後輩っぽさとも違う。

ただただ、リラックスしてる素の結花に――俺は思わず、笑ってしまう。

いつも外で頑張ってるんだから。

せめて家の中でくらい――好きなようにくつろぎなよ。結花。

第18話　夏祭りに女子二人と参加するんだけど、気を付けることある？

「遊《ゆう》くん、見て見てー」

白いTシャツに紺色のシャツ。下は一般的なジーンズ。

そんないつもの格好で、リビングでTVを観《み》ていると……廊下からひょこっと、結花《ゆうか》が
こちらを覗《のぞ》き込んできた。

その髪は——茶色いツインテール。

顔の両サイドには、いわゆる触覚があって、口元は猫みたいにきゅるんっと丸まってる。

……うん。ゆうなちゃんだね、これ。

「なんで和泉《いずみ》ゆうなモードになってんの、結花？」

「ふっふっふー、見るがよいー」

なんだかご機嫌なテンションで、結花がぴょんと、浴衣姿《ゆかた》でリビングに飛び出してきた。

淡い桃色の生地に、白抜きで花が描かれた、可愛《かわい》らしいデザイン。

そんな、キュートな浴衣姿をした和泉ゆうなは……袖をキュッと摑《つか》んだまま、くるんと
一回転してみせた。

「どう、遊くん？」

「結構前に、『ゆうなちゃん　浴衣（ノーマル）』があったじゃない？　あれと完全に色合いとかデザインが一致してて、なんならポージングが萌《も》え袖なところまで一致してるから——再現度が神だなって、感動した！」

「遊くん、ばかなの？」

俺の回答がお気に召さなかったらしく、頬をぷくっと膨らませて、そっぽを向く結花。

いや……正直、死ぬほどドキッとしたよ？

浴衣姿もさることながら、得意げに見せびらかしてる子どもっぽさまで含めて、ゆうなちゃんそっくりで。

……それを抜きにしても、無邪気な結花に目を奪われて。

そんな感じで動揺してたら——素直に答えられなかったっていうのが、正直なところ。

「……えっと。ごめん、結花。に、似合ってると……思うよ」

「もう一声！」

「もう一声？　え……す、すごく魅力的？」

「あー、惜しい！　ヒントは……か・わ？」

「川？　川口《かわぐち》？」

「誰それ⁉　違うよ、もー‼　かーわーい――――……？」

凄《すさ》まじい誘導尋問だな。

もはや浴衣姿より、この誘導しようとしてる行動の方が愛らしいよ。いっそ。

「……可愛いよ。可愛くて、よく似合ってる」

「えへへー。それほどでもー？」

自分で言わせたのに、なんか照れはじめる結花。

そして、にこにこしながら、結花はもう一回転してみせた。

「ほら。この後、二原《にはら》さんと夏祭りの待ち合わせ、してるじゃん？　他にもクラスの子がいるかもだし、さすがに学校仕様で行くでしょ？　だから……せめてその前に、ゆうな仕様も見てもらおうと思ったの！」

「そっか。ありがとね……結花」


もうしばらくしたら、俺と結花は別々に出発する。

そして、二原さんも含めた三人で夏祭りを回る予定なんだけど。

二人っきりだと、なかなか人目の多いところに出掛けられないから、正直楽しみだ。

だから本当に、二原さんには――感謝しないとな。

◆

夏祭り会場の出入り口で、俺は柱に寄りかかって。

『アリステ』のガチャを回しながら、二人が来るのを待っていた。

「よっ、佐方《さかた》！」

ポンッと柱の後ろから、誰かが俺の肩を叩いた。

びっくりして後ろを振り向くと――柱の陰から、二原さんがにやにやこちらを見てる。

「二原さん……なんで後ろから来るの？」

「や。佐方が夢中でスマホいじってっからさぁ。驚かせてやろうと思って」

そうやって無邪気に笑ってから、二原さんは俺の前に躍り出た。

茶色いロングヘアは、お団子状に結われていて。

うなじのあたりの後れ毛が、どことなく色っぽい。

黄色い浴衣の胸元は緩く、白い肌がちらちら見えていて……とても目のやり場に困る。

そんな艶《あで》やかな浴衣姿の二原さんは、水風船をぽんぽんといじりながら、にこにこと楽しそうに笑ってる。

「って、なんでもう水風船買ってんの？」

「めっちゃ楽しみすぎて、我慢できなくってー。でもまぁ、これからまだまだ、いーっぱい時間はあるかんね。気にしない、気にしない！」

陽気なギャルは、あっけらかんと言って、水風船で遊んでいる。

こういうところを見ると、やっぱり自分と違う『陽の人』だなって思うけど。

そんな二原さんも――自分の大好きなもの（特撮）があって、それを自分の世界の中で大切に守っていて。

そういうところは、なんか――自分と似てるのかもなって思う。

「……お待たせ」

はしゃいでる二原さんの後ろから、結花がカツカツと歩いてきた。

淡い桃色に、白抜きで花が描かれた浴衣。

いつもの眼鏡を掛けて、学校と同じくポニーテールに結って。

結花は、普段どおりの無表情で、俺の方を見た。

「……こんばんは。佐方くん」

「あ、ああ。綿苗《わたなえ》さん、どうも……」

「もー、二人とも硬いんだからぁ！　ほら、屋台見に行くよー!!」

そして――俺と結花と二原さんという珍しい取り合わせで、会場を回りはじめた。

「ねぇねぇ、綿菓子食べない？」

言うが早いか、二原さんは屋台の方に走っていって「三個ください！」なんて、ハイテンションに注文してる。

そんな二原さんを見る結花の視線は――なんだか安らかなものだった。

「なんでちょっと笑ってんの、結花？」

「んーん。二原さんって……可愛いなぁって」

最近の結花は、本当に二原さん推しだな。

なんて、ほっこり思っていると――急に結花が、表情を曇らせた。

「……どうしたの、結花？」

「ねぇ、遊くん。怒らずに聞いてくれる？」

「そんな前置きしなくても、俺が結花を怒ることなんかないでしょ」

俺が即答すると、結花は安心したのか、表情を和らげて――。

「私さ……全部、二原さんに打ち明けたいんだ。実は私が遊くんの許嫁《いいなずけ》だってことも。二原さんの好きな『フェアリーマイク』の声を当ててる声優が、私だってことも」

結花の思いがけない告白に、俺はさすがに言葉を失う。

「……どうして、結花？」

「二原さんはさ。自分が大切にしてる『秘密』を、私に教えてくれたじゃん？　それに、私のことを気に掛けて、遊くんとの恋を応援してくれてる。だからこそ……申し訳ないって、思っちゃうんだよ」

「申し訳ないって？」

「自分はまだたくさん、二原さんに『秘密』を持ってるなぁって。特に……二原さんはまだ、和泉ゆうなの格好をした私を、『那由《なゆ》』ちゃんだと思ってるでしょ？」

二原さんは、俺が自分の妹『那由』（偽《にせ》）に欲情してるヤバい奴《やつ》だと思ってる。

そして、綿苗結花が俺のことを好きなんだって、知っている。

だから、俺も結花も幸せになれるよう――本人曰《いわ》く「お節介」をしてる。

ここで問題なのは――俺とくっつけようとしてる結花と、俺を真人間に戻すため距離を取らせようとしてる『那由』（偽）が、同一人物だってことだ。

「遊くんの『妹』だと思ってる相手が——実は、自分が応援してる綿苗結花本人だなんて。知らされてなかったら、悲しいじゃん？　だから——ちゃんと二原さんとは、私の『秘密』も共有したい。その上でもっと、二原さんと仲良くなりたいんだ」

コミュ障ゆえに、特定の友達なんていなかった結花にとって。

二原さんは、とても大切な——友達、なんだろうな。

ちらっと俺の反応を窺《うかが》っている結花を見て、俺は大きく頷《うなず》いた。

「まぁ、校外学習のときに聞いてて。二原さんは——『秘密』を人に言いふらすタイプじゃないなって、分かったから。もしも結花が、そうしたいって言うんだったら——俺も腹を括《くく》るよ」

「……うん！　ありがとう、遊くん‼」

「……なぁにぃ？　二人とも、良い感じじゃーん！」

そこに二原さんが、綿菓子を三つ持って帰ってきた。

そして俺たち二人に綿菓子を差し出して、にかっと笑って。

「ほら、みんなで食べよーよ。楽しい夏祭り、満喫しないとさっ！」

◆

「……っと⁉　今、今捕まえてたのに！　なんで破けてんの、これ⁉」

「あははっ！　佐方の下手っぴめー。じゃあ桃乃《ももの》様が、華麗なる金魚すくいを見せたげようじゃないのさ‼　――って、あー‼」

「二原さんも、全然ね」

騒ぐ俺と二原さんを横目に見ながら、結花は淡々と金魚をすくいあげていた。

その数、既に八匹。一回も失敗せずこれは、尋常じゃない。

そんな結花に対抗意識を燃やしたのか、二原さんが言う。

「……ふーん。そんな言うんならさー、射的で勝負しようよ。綿苗さん！」

「いいけど」

二原さんの挑戦を、余裕のポーカーフェイスで受けて。

二人は隣にある、射的の屋台に移動した。

最初は二原さん。

「………てぃっ！」

弾は良い軌道で飛んでいき、ぬいぐるみ——の頬のあたりをかすめて、背面の壁にぶつかった。

「マジかー、惜しいー‼　銃には自信あったってのにぃ」

「じゃあ、今度は私」

二原さんから銃を受け取ると、今度は結花がかまえる。

そして——弾が発射されて。

………………俺の額に、激突した。

「いった⁉　何、今の⁉」

「あはははは っ！　ウケる、綿苗さんー‼　どうやったん？　今、完全に弾が斜め後ろに飛んでったじゃーん」

「……うっさいなぁ」

大笑いする二原さんに不満を言いつつ、結花は持っていたハンカチを俺の額に当てた。

「ごめん、佐方くん。怪我《けが》、しなかった？」

「ああ、まぁコルク弾だしね。平気だよ」

そんな俺たちのやり取りを、二原さんはにやにやしながら見守っている。

「……馬鹿にしてるでしょ？」

「してないっす、綿苗先輩！　いやぁ、後ろには飛ばせないなぁー。すごい技術だなぁー。神懸かってんなぁー」

「めっちゃ、馬鹿にしてるじゃんよ！」

素のトーンに近い声色で結花が言うと、二原さんがそれをからかって。

家に比べるとややぎこちなさは残るけど、なんだかリラックスして楽しめてるように見える結花を見て。

俺は素直に——温かい気持ちになった。

「…………」

「二原さん、どうしたの？」

「はっ‼　うん、なんでもない！　なんでもないよ⁉」

明らかにお面屋の屋台に飾られてる、仮面ランナーのお面を見てたけどね。

まぁ結花と違って、自分は二原さんから直接『秘密』を教えてもらったわけじゃないから、ここは知らないことにしておこう。

屋台を見ると、仮面ランナーやコスモミラクルマン、たくさんのお面が飾られている。

あれは最近のスーパー軍団シリーズのお面かな……って。

あの額のマーク、ショッピングモールで二原さんが着てたジャケットのロゴじゃん⁉

そうか、あの服もキャラグッズのひとつだったのか……。

さすが二原桃乃。さりげなくバレないように、自分の趣味を楽しんでたんだな。

「もうちょいしたら、花火の時間だねー」

お団子状に纏《まと》めた自分の髪を触りつつ、二原さんが言った。

今日の夏祭りの目玉は、なんといっても花火大会だ。

少し離れた河川敷《かせんじき》から、何種類もの花火が打ち上げられて、夜空を鮮やかな色に染める。

花火……か。

『……きれー。あ、でもね？　ゆうなとしては、素敵な景色をあなたと見れたことが……一番嬉《うれ》しいんだけどっ！』

イベントでゆうなちゃんが言っていたセリフが、ふっと脳裏をよぎる。

ゆうなちゃんと見上げる花火は、世界創造のビッグバンみたいに荘厳《そうごん》だろうけど。

許嫁と見上げる花火も、きっと……綺麗《きれい》なんだろうなって思う。

「……おっとー。ここでうちは、突然用事を思い出したね！　ごめんけど、二人で先に行ってて。じゃっ‼」

「え、ちょっ……二原さん⁉」

本当になんの脈絡もなく、そんなことを口走ったかと思うと――二原さんは俺の制止も聞かず、全速力で人混みの中に消えていった。

何その、敵を察知したヒーローみたいな、アバウトなはけ方。

「……二人っきりにしようって、してくれたのかな？」

「そうだとしても不自然だけど、そうじゃないとしたらどうかしてるよ。今の」

まったく。

陽キャなギャルもとい、ギャルめいた特オタは、思いもよらない行動に出るんだから。

――と、そのときだった。

「ねぇねぇ、今日は桃乃来ないの？」

「なんか桃《もも》、用事があるとか言ってたぜ」

同じクラスの男女グループが、五～六人で歩いてるのを見掛けて――俺と結花は慌てて、屋台の陰に隠れた。

あの人たち、確か……前に二原さんに誘われて、カラオケに行ったときの。

「桃乃のいつものノリなら、絶対来たがるってのにね、お祭り」

「桃はいっつも思いついたら即行動！　で、楽しむかんね。いーよねぇ……悩みとかなさそうで」

「大体笑って済ましてっしねー。こだわりがないのか、これって趣味なさそうだけど」

「いや、そういう奴の方が――やべぇ趣味とか、隠してるかもしんねぇぞ？」

「んだよ、それ。何エロいの考えてんだよ、やべぇのはお前の頭の方だろ！」

二原さんには悩みがない、二原さんにはこだわりがない……か。

あれだけ一緒につるんでるってのに、二原さんは本当に、自分の『秘密』を話してないんだな。

特撮作品を侮辱されたら、絶対に許せないから。

そうしたら、友達とギスギスしてしまうかもしれないから。

「ん……ねぇねぇ。あれ、桃乃じゃね？」

そのときふいに――男女グループの一人が、ぽつりと呟《つぶや》いた。

彼女が指差す方向に、俺もゆっくりと視線を動かす。

すると…………そこにいたのは。

「んー……どうしよっかなぁ。お面をつけて『トーキングブレイカー』……その方が姿を変えた感は出るけど。玩具《おもちゃ》と違って精巧な作りじゃないから、クオリティ面で……でも、せっかくだから買うか……？」

俺たちと別れたところで気が緩んだのか、さっきのお面屋の屋台前で、ぶつぶつ何か言いながら考え込んでる二原さん。

「やっぱ桃かな？」「でもあいつ、何してんだ？」「なんでお面？」なんて——男女グループの連中がひそひそと話しはじめた。

「遊くん、このままだと二原さんが……」

結花が焦《あせ》ったように言うけど、俺も同じことを考えてた。

これは、特撮ガチ勢《ぜい》だってバレたくないギャルにとって。

まさに——最大のピンチだ。

第19話　【事件】ギャルが困っていたから、許嫁《いいなずけ》と二人で助けに行ったんだ

俺と結花《ゆうか》を二人っきりにするべく別行動をはじめた二原《にはら》さんは、特撮作品のお面が気になって、足を止めたまま物色をしていた。

そこに運悪く通り掛かった、二原さんの友達グループは、声を掛けようかどうか迷いながらひそひそ話し合っている。

『あと二十分で、花火の打ち上げがはじまります。広場にお集まりの方は、順番を守って――』

そこに――花火大会のアナウンスが、響き渡った。

その声にハッとした二原さんは、顔を上げて広場の方へと視線を向ける。

「……え？」

「あ。やっぱ桃乃《ももの》だー‼」

それがよくなかった。

目が合ったことで、クラスの連中は彼女を二原桃乃だと確信して、話し掛けはじめる。

「んだよ、桃《もも》。用事があるとか言ってたじゃねぇか。なんでここにいんだよ？」

「え、あ……ああ！　ごめんごめん、用事ってさ、先にお祭り行こって約束した友達がいたんだよー」

「へぇ？　ひょっとして、彼氏？」

「あははっ。ざんねーん。そんなんじゃないよー。ってか、女子もいるしねぇ」

「んで、友達はどこいんの？」

「ちょっとはぐれちゃってねぇ。この桃乃様を置いていくとか、不届き千万じゃね？」

急な展開に動揺してるはずだけど、二原さんは当たり障《さわ》りない返答で、その場を凌《しの》ごうとしてる。

「ってか、なんでお面見てたの？」

「えー？　いやいや、なんか懐《なつ》かしいっしょ？　だからちょっと、ボーッと見てた」

「ははは！　んだよ、これ。仮面ランナーだっけ？　ガキの頃に観《み》てたけど、今のってこんなダサい見た目なのかよ！」

「うちの弟が観てんだよね、これ。小五にもなって、いまだにおもちゃとか買って遊んでんの。うちの弟、ヤバいんだよねー」

「………あはは」

二原さんが笑ってる。

明らかな作り笑いで。

愛する特撮作品を小馬鹿にされて、内心は苛立《いらだ》ちとか悲しさとか……色んな思いが渦巻いてるはずなのに。

それでも我慢して、二原さんはその場を乗り切ろうとして――――。

「で、お嬢ちゃん。買うのかい、買わないのかい？　さっきから、そっちのふたつで迷ってたみたいじゃが」

その場の空気が、一気に凍った。

屋台の脇に潜んで様子を見ている俺と結花も、ビシッと固まる。

お面屋のおじいさん……に、この空気を察しろっていう方が無理か。

誰が悪いわけでもない。

だけど事態は……明らかに良くない方向に向かってる。

「遊《ゆう》くん……」

ギュッと、結花が俺の服の裾を掴《つか》んだ。

ギリッと唇を噛《か》み締めて、今にも泣きそうな顔をしてる。

「え？　桃乃、これ……買うん？」

「あ、い、いや……」

「お前、弟とかいねーだろ？　なんに使うの、このしょぼいマスク？」

「ってか、仮面ランナーって、今でも『イー！』とか言うの？　世界征服を企《たくら》んで、蹴って倒すんだっけ？」

「か……仮面ランナーボイスは……」

二原さんの声が、消えそうなほど小さくなる。

俯《うつむ》いて、唇を噛み締めて……色んな気持ちを抑えてる。

「ボイス？　っていうの、これ？　桃、知ってんの？」

「お面の下に書いてあるからじゃね？　ってか、桃乃が『イー！』に詳しいわけないしょ。似合わない、似合わない‼」

——うちの悪口は全然いいけど！

——うちの好きなヒーローたちを馬鹿にされんのだけは、許せない‼

二原さんの言葉を思い出す。

俺だって、ゆうなちゃんを小馬鹿にされたら、絶対に許せない。

だけど多分、俺は……傷つくのが怖くて、不愉快でも黙ってしまうだろう。

二原さんも今、黙ったまま堪《こら》えている。

それは一見すると、俺が取るだろう行動と同じだけど——意味合いはきっと違う。

二原さんは自分が傷つくことは、怖くない。

だけど、自分の好きな作品を馬鹿にされたことで……友達を嫌いになってしまうかもしれない自分が、怖いんだ。

「遊くん……私、二原さんのところに行ってくる」

結花が眼鏡をカチャッと直して、一歩前に踏み出した。

その瞳の奥には、決意の炎が燃えている。

大切な友達を護《まも》りたい……そんな結花の強い思いを感じて。

俺は——。

「結花。ちょっと待って」

結花を制すると、俺は屋台の裏からゆっくりと、二原さんたちの方へと歩き出す。

『嫁』の友達が困っているときに。『嫁』が頑張ろうとしてるときに。

『夫』が何もしないなんて——ありえないだろ？

◆

「さ、佐方《さかた》⁉」

目の前に唐突に現れた俺に、二原さんが目を丸くする。

それに続いて、周囲のメンツもざわざわと騒ぎはじめた。

「あれ？　佐方じゃん？」

「珍しくね？　あんまお祭りとか、好きそうな感じじゃないのに」

ひどい言われようだな。

確かに、結花と一緒じゃなかったら、祭りなんて絶対に参加しないタイプだけど。

まぁ、そんな普段の目立たない自分が功を奏したのか……二原さんが一緒に祭りに来ていた相手が俺だなんて、周りはまったく考えてないみたい。

「佐方、誰と来たん？　え、まさか一人……？」

「……うん。一人だけど」

すごく哀れむような目で見られた気がするけど、ぐっと堪えて『おひとり様』だと思ってもらうことにする。

そうしないと、なんで俺が結花や二原さんと一緒に遊んでるのか、説明が難しいし。

「あ。ねぇ佐方、これ見てみ？『イー！』ってやつ。知ってる？」

二原さんに輪を掛けたようなギャルスタイルの女子が、お面を指差して言った。

そんな彼女の言葉に、二原さんは笑いながら――悲しそうな顔をしている。

「知ってるよ。仮面ランナーボイス、でしょ？」

声が上擦るけれど、気にせず俺は言葉を続けた。

「た、確か最近の仮面ランナーって、有名俳優とかの登竜門になってるんだよね。あと、結構ストーリーとかもしっかり作られてて、面白いって……聞いたことあるかな」

当たり障りのない感じで俺が話すと、クラスメートたちも口々に話しはじめる。

「あー。確かに、あたしの好きな俳優、仮面ランナーがデビュー作とか言ってたわ」

「でもよ。だからって、高校生でも、こういうの観るもんなのか？」

一人の男子が、やや否定的な意見を口にした。

俺はごくりと、生唾を呑《の》み込む。

正直──こういうコミュニケーションは、死ぬほど苦手だけど。

ここで引くわけには……いかないから。

「い、いいんじゃない？　高校生だろうと大人だろうと、好きだったら楽しんでさ」

「佐方、仮面ランナーに詳しいん？」

「いや……俺は正直、そんなに知らないんだけどさ」

唇が震えるのを感じる。

だけど、それでも──俺は話し続ける。

「特撮がめちゃくちゃ好きな友達がいてさ。そいつの話を聞いてると、正直なに言ってんだか全然分かんないんだけど……なんか、楽しさが伝わってきて。だから俺は、それぞれ好きなものがあっていいと思うし──好きなものに、年齢とか性別とか、そういうのは関係ないんじゃないかなって。そう、思うんだ」

話がまとまってないなって、自分でも感じる。

だけど──二原さんに、どうしてもこれだけは伝えたかったんだ。

自分の大好きなものへの想《おも》いを貫き続けることは……とても素敵なことなんだって。

「あ、すみませーん！　この『仮面ランナーボイス』のお面くださーいっ‼」

俺たちがそんな話をしていると、別な女性がやってきて、お面を購入した。

ふわっと風にそよぐ黒いロングヘア。

垂れ目がちな瞳は、ぱっちりと大きくて。

見ている周りを穏やかにさせるような、柔和で優しい笑みを浮かべている。

そう、それは――結花。

「おじいさん、『仮面ランナーボイス』って面白いから、やっぱり人気ですか？」

「ん？　いや、わしはお面屋をやっとるだけで、あんまり詳しくはないんじゃが」

花柄模様の淡い桃色の浴衣《ゆかた》を揺らしつつ、結花はお面を受け取ると、側頭部にお面が来るようにつけた。

「えー、勿体《もったい》ないですよ観ないとー。人間の嘆きや悲鳴を喰《く》らう、闇の生命体！　そんな連中から人類を護るために、太古の人類が造った『声霊《せいれい》』の力で戦う――格好いいヒーローなんですよ、仮面ランナーボイス‼」

「わしの小さい頃は、五人揃《そろ》ってゴニンマン！　じゃったが……時代は変わるのぉ」

屋台のおじいさんが、しみじみと語ってるけど。

正直、俺は——みんなが正体に気付かないか、ハラハラしてる。

確かに眼鏡もポニテもしてないけど、いつもクラスにいる綿苗《わたなえ》結花だし。

茶髪のウィッグこそかぶってないけど、顔の感じは完全に和泉《いずみ》ゆうなだし。

だけど……どうやらそれは、杞憂《きゆう》だったみたいだ。

「へぇー……あんな綺麗《きれい》な人でも、仮面ランナーとか興味あるんだなぁ」

「一回、観《み》てみよっかなー。でも、ああいうのって朝やってんじゃないっけ？」

「じゃあ、駄目じゃね？　お前、早起きとかできねぇし」

俺の話と、無関係な美少女（結花）の話を受けて、集まっていたメンツは雑談で盛り上がりはじめる。

そうこうしているうちに——二原さんと特撮の関係とかは、うやむやになっていた。

◆

「……ありがと、佐方」

「いや。俺はたいして、なんもしてないけど」

クラスのメンバーと別れた俺たち二人は、ひとけのない石階段をのぼっていた。

そんな俺の服の裾を、二原さんがくいっと引っ張って……。

「佐方……あんさ。うち、仮面ランナー以外にも……特撮がガチめに好き、なんだ……」

「そっか。ちなみに俺は……『ラブアイドルドリーム！　アリスステージ☆』を、世界で一番愛してる」

「……詳しくは知んないけど。佐方と倉井がよく盛り上がってるやつっしょ？」

今さらのようにお互いぶっちゃけて、俺と二原さんは顔を見合わせて笑った。

それから——石階段のところに辿《たど》り着くと。

眼鏡にポニーテール。花柄模様の淡い桃色の浴衣。

そして頭に——仮面ランナーボイスのお面をつけた、綿苗結花が立っていた。

「……綿苗さん？」

「私は、佐方くんが好き。二原さんは、特撮が好き。そうやって、秘密を共有したよね」

結花がいつもの無表情のまま、そんな言葉を口にした。

二原さんはちらっと俺の方を見てから、ちょっと遠慮がちに頷《うなず》く。

そんな二原さんを見つめたまま、結花はふっと微笑《ほほえ》んだ。

「ありがとう、二原さん。私を信じてくれて……佐方くんとの恋を、応援してくれて。だから私は——ちゃんと二原さんに、全部を打ち明けたいんだ」

お面を外す。眼鏡も外す。

そして、シュシュで縛っていたポニーテールを、バサッとほどくと——。

「え……さっきの、屋台の人？　ってか……髪の色が違うけど、まさか那由《なゆ》ちゃん？」

二原さんが呟《つぶや》いた瞬間、轟音《ごうおん》とともに——夜空に花火がまたたいた。

花火の明かりに照らされて、素の顔をした結花はにっこり笑って。

「ボイスバレット【フェアリー】——チャーミングフェアリー‼」

『トーキングブレイカー』に収録されている音声を、結花は生声で披露した。

そして、照れたように頰を搔《か》きつつ。

「……えへっ。どうかな、ちゃんと演じられてた？」

「ほ……本物？　え、どういうこと？　ってか綿苗さん——那由ちゃん⁉　ええっ⁉」

花火が何発も、空に打ち上がって、鮮やかに輝く。

動揺してわけが分からなくなってる二原さんに向かって、結花はぺこりと頭を下げた。

「ごめんね、黙ってて。私——綿苗結花は、実は声優やってます。和泉ゆうなって名前で——『フェアリーマイク』の声は、私が演じたんだ」

「マ、マジで⁉」

「それから……」

ちらっと俺の様子を窺《うかが》ってくる結花。

それに対して、俺はこくりと大きく頷いた。

『嫁』が友達に、大切な話をするのを邪魔するとか――『夫』のやることじゃないだろ？

「私は、本物の那由ちゃんじゃなくって。綿苗結花で。佐方遊一《ゆういち》くん――遊くんと婚約してて。結構前から一緒に暮らしてて。それから、それから……遊くんのことが、宇宙一大好きです！」

……最後のなに？　マジで恥ずかしいんだけど。

頬が熱くなる俺の前で、結花は眉尻を下げながら、二原さんに向かって手を合わせる。

「いっぱい応援してくれて嬉《うれ》しかったけど……ごめんっ！　とっくに私は遊くんの許嫁《いいなずけ》で、家ではその……すっごく甘えてるの」

「……………………ぷっ！　あはははははっ、うけるっ‼　綿苗さんってば、結構マジの天然ちゃんなんだね？」

「え、どこが？　隠し事してたら悪いからって、本当のことを言っただけじゃんよ！」

「あはははは っ！　そっか、そっか。そうだね、うん……本当のことを教えてくれて、ありがと。綿苗さん」

そして二原さんが、結花に向かって手を差し出す。

結花はちらっと二原さんを窺ってから、その手を握った。

連続で打ち上がる花火が、二人の姿を照らし出す。

「まぁ、佐方が妹に魂を売ったわけじゃないって分かったから、安心したわ。それに……綿苗さんの恋心も、ちゃんと成就《じょうじゅ》してて、ちょー嬉しいっ！　あ。でも、もちろん？　これからも二人の仲を応援すっから……覚悟して、うちと仲良くしてよ？」

「うん！　こっちこそよろしくね……二原さん」

結花が無邪気な顔で笑う。

二原さんもまた、子どもみたいな声を出して笑う。

三次元女子って、もっとギスギスしてて、ただ怖いだけとしか思ってなかったけど。

こんな穏やかな光景を見ると——なんだかほっこりした気持ちになる。

「佐方？　当然、佐方だってうちと仲良くすんだからね？」

「え、なんで？」

「うちが特撮ガチ勢《ぜい》って『秘密』を知ったわけっしょ？　うちは佐方と綿苗さんが婚約してるって『秘密』を聞いた——秘密を共有する、同盟関係っしょ」

「いや、まぁ。秘密は守ってもらいたいから、いいけどさ……」

結花がじーっと、俺と二原さんのことを険しい顔で見ている。

そんな結花をにやにや見ながら、二原さんが言った。

「だいじょーぶだから。佐方のこと、奪ったりとかしないから」

「……絶対？」

「じゃあ綿苗さんが佐方の正妻。んで、うちが——後妻でどーよ？　おっぱいが恋しいときだけ、佐方が私を求めてくる的な」

「いやぁぁぁぁ!?　遊くんの、おっぱいばかぁぁぁぁぁぁ!!」

「俺、なんもしてないんだけど!?」

そんなこんなで、一件落着——はしたんだけど。

なんだかこれから先、二原さんのちょっかいが増すんじゃないかって。

ちょっとだけ心配だったり……しなくもない。

第20話　【超絶朗報】俺の許嫁、花火を見ながら幸せそう

「よいしょっと」

夏祭りから帰ってきて、すぐに。

結花《ゆうか》はバケツいっぱいに水を入れて、家の庭先にドンッと置いた。

長い黒髪は三つ編みに纏《まと》めていて――これはこれで、いつもの結花と印象が違う。

「よーっし！　遊《ゆう》くん、これから花火大会……第二弾のスタートだよ‼」

腰に手を当て背を反らし、えっへんと得意げな結花。

そんな様子に思わず笑いながら、俺は買ってきた花火セットをドサッと、バケツのそばに置いた。

「第二弾っていうか……結局、打ち上げ花火はほとんど見れなかったからね。実質、第一弾じゃない？」

「細かいなぁ、もう。じゃあ、夜の花火大会とか？　人には言えない花火大会とか？」

「なんかニュアンス変じゃない⁉」

そんな他愛もない会話をしながら。

俺と結花はそれぞれ花火を持って、着火用具で火を点《つ》ける。

シャアア……っと音を立てながら、手元の花火から鮮やかな火花が噴き出す。

今度は、ねずみ花火。

「きゃあああ、こっち来たよー⁉」

パチンパチンと音を立てながら動き回る花火から逃げるようにして、俺の後ろに回り込む結花。

二人だけで楽しむ、花火の時間。

それは、祭りの花火大会ほど派手なものでは決してないけど……。

なんだか不思議なほど、落ち着くものだった。

「じゃあ最後はこれだね……線香花火！」

言いながら結花は、俺に一本渡してくる。

そして二人でしゃがみ込んで、線香花火に着火する。

間近で見る浴衣《ゆかた》に三つ編みな結花は、いつもと違って、なんだか色っぽくて……思いのほかドキッとしてしまう。

「……ねぇ、遊くん？」

パチパチと静かに火花を散らす線香花火を見つめながら、結花が呟く。

「今日はありがとう……ごめんね。二原《にはら》さんに私たちの『秘密』、バラしちゃって」

「ううん。俺の方こそ、ごめんね。これまで『妹』って演技させちゃって」

それだけ言い合うと、俺たちは再び黙ったまま、揺れる線香花火の先端を見つめる。

俺の方が燃えるの早いかな？

いや、意外と結花の方が、ぽとっと落ちそうな気も……。

「どっちが先に、火が消えると思う？」

まるで俺の心でも読んだみたいに、結花が微笑んだ。

「勝負しない？　私の線香花火が勝つか、遊くんのが勝つか」

「いいよ」

「ちなみに、負けた方は罰ゲームね」

「え、何それ？　後出しはずるくな――」

とかなんとか、言い返してたせいか。

俺の線香花火の先端が……ぽとっと地面に落ちた。

「はい、遊くんの負けでーす」

「ずるくない、今の？」

「ずるくないでーす」

まだパチパチと火花を散らしてる線香花火を片手に、結花が小さく手招きをする。

罰ゲームとか、何する気なんだろう？

そんなことを考えつつ、俺は結花に手招きされるまま、近くまで移動して――。


――ちゅっ。


「――!?」

唇に触れた柔らかな感触に驚いて、俺は慌てて立ち上がった。

しゃがんだまま花火を続けてる結花は、頰を真っ赤にしてこっちを見てる。

「はい。負けた人は、勝った人にキスされる……でした！」

そう言って、はにかむように笑う結花の姿は。

ゆうなちゃんみたいなようで。

だけど、ちょっと違うような気もして。

なんにしても――俺を死ぬほどドキドキさせる、魅力的な笑顔だった。

「これからも、遊くんがニコニコ過ごせるおうちに、できたらいいなぁ」

結花がぽつりと、そんなことを呟《つぶや》くもんだから。

俺はただ、正直な気持ちを告げた。

「結花が来てから、楽しくなかった日なんて、ないよ」

「……ほんと？」

「結花がいなかった頃、どうやって過ごしてたか、もう思い出せないくらいだし……結花がいなくなったら、つまんないかもね」

「えへへー。それはご安心を！　私はぜーったいに……遊くんのそばから、離れたりなんかしないもんね‼」

結花の線香花火が、ぽとりと地面に落ちた。

バケツの中に花火の燃えがらを入れて、結花はゆっくりと立ち上がる。

そして――俺と向かい合って。

満面の笑みのまま、言った。

「結花がずーっと、そばにいるよ！　だーかーら……一緒に笑お？」

☆綿苗《わたなえ》さんちの家庭事情☆

遊《ゆう》くんと同棲《どうせい》をはじめてから、なんとなんと——もうすぐ四か月！

そう思っただけで、私はにやにやが止まんなくなっちゃう。

もう、ほっぺたなんか、落っこちてきちゃいそうだよ。

でもほんと……二人で暮らすようになってから、色んなことがあったなぁ。


遊くんの背中を洗おうと思って、スクール水着を着て一緒にお風呂《ふろ》に入ったり。

遊くんとお出掛けして、リクエストに応えて背中がえっちなセーターを着てみたり。

遊くんに喜んでもらおうと思って、たくさんのコスプレを見てもらったり。


…………私、これ大丈夫なやつ⁉

今さら冷静に考えちゃったけど、遊くんドン引きしてないよね？　変な子って思われてないよね⁉

そ、そうだよ……他にも、ちゃんとした思い出だってあるもん！

遊くんがライブを観《み》に来れなかったから、遊くんのためだけのステージをやったし。

校外学習で一緒に見上げた星空は、とっても綺麗《きれい》だったし。

夏祭りは色々あったけど……それでも楽しかったし。

おうちで二人花火をしたのは、もっと楽しかったな。


遊くんと一緒に暮らすようになってから――本当に楽しいしかない。

『よく喋《しゃべ》るオタク』で、友達とうまくいかなくなって、不登校になった頃もあった。

ゆうなの声優として、一生懸命頑張っても、うまくいかずに落ち込んだりしてた。

そんな私を支えてくれたのが、ゆうなのファン――『恋する死神』さんだったけど。

まさか、自分がその人の許嫁《いいなずけ》になるなんて、考えもしなかったよ。

……でも。

一緒に暮らしてるのに、いまだにファンレターを送ってくるのはやめてほしい。恥ずかしいんだもん。ばか。


まぁ、そうやって色々と考えると。

お父さんにも、ちゃんと「ありがとう」ってしないとだよね。

勝手に縁談を持ってきたときは、もう一生、口きいてあげないって思ってたけど。

相手が遊くんだったから——広い心で許したげよう。

「……もしもし、お母さん？」

『あら、結花《ゆうか》じゃない！　元気にしてるの？　ご飯食べてる？』

「うん。元気だよー」

『婚約者の人に、暴力とか振るわれてない?』

「振るわれてないよ!?　やめてよ、遊くんのことなんだと思ってるの!?」

『男は狼《おおかみ》なのよ？　気を付けないと……死ぬわよ』

ちょっと何言ってるのか分かんない。

お母さんは昔から心配性だからなぁ……一回でも会えば、すぐに安心すると思うけど。

そしたら今度は、「孫は!?　孫はまだなの!?」とか、言い出しそうだけどね……。

「お父さんいる？　いるなら代わってほしいんだけどー」

『お父さんね。ちょっと待っててね』

机の上に受話器を置いて探しに行ったのか、お母さんの声が途切れた。

そうして、しばらくお父さんが出るのを待ってたら。

『……もしもし。結花、元気？』

プツッ。

私は問答無用で、通話を叩《たた》き切った。

だけど、多分それも予期してたんでしょう……すぐに折り返しがきちゃった。

『いきなり切らないでよ。悲しいじゃないか……えーん、えーん』

「あんたが泣くとか、絶対ないじゃんよ。そうやって、また私をからかってるでしょ？」

『まぁ、からかって怒ったときが、一番可愛《かわい》いからね。結花は』

「馬鹿にしないで」

あーもう。イライラするー。

ほんっとうに、那由《なゆ》ちゃんの爪の垢《あか》でも煎じて飲んでほしいよ。

この子、私がお姉ちゃんだとか、欠片《かけら》も思ってないんだから！

「……はぁ。勇海《いさみ》、お父さんは？」

『さぁ？　それよりさ。結花の相手の男——どんな人なの？』

「優しくて可愛くて格好良くてときどきおばかでちょっとえっちだけど……大好き！」

『ごめん、全然分かんない』

うるさいなぁ。電話でちょっと話したくらいじゃ、遊くんの良さは伝えきれないよ。

『ああ、そうそう。母さんや父さんとも相談してね……やっぱり綿苗家として、結花の未来の旦那様に対して、きちんと挨拶に行かないとって話になったんだよ。だから、そうだな……来週には、そっちに行くと思う』

「……お父さんと、お母さんが？」

『僕もだけど』

「勇海はいいよ。家でくつろいでてよ」

『そうはいかないね。僕の義兄《あに》になる人なんだから――きちんと見定めておかないと。結花にふさわしい、それ相応の魅力的な男性なんだってことを……ね」

「あのさ。いいからそろそろ、お父さんに代わってくれないかな⁉」

まったく。なんでこの子が、こんなに仕切ってるんだか。

……大丈夫かな、遊くん？

姉が贔屓目《ひいきめ》に見たとしても、この綿苗勇海って子は。

相当、かなり、めちゃくちゃ――面倒くさい性格、してるんだけどなぁ。

あとがき

【朗報】氷高悠《ひだかゆう》、作家人生初の重版！

皆さま、いつも応援ありがとうございます。氷高悠です。
『【朗報】俺の許嫁《いいなずけ》になった地味子《じみこ》、家では可愛《かわい》いしかない。』――略して『じみかわ』。
これまでファンタジア文庫で三作、別なレーベルで二作を発表して、今回の『じみか
わ』で六作目となりました。
デビュー七年目、六作目となる今回――氷高にとって、初の重版作品となりました‼
もちろん過去の作品も愛していますし、たくさんの方々に応援いただいて嬉《うれ》しかったの
ですが、今回は本当に、驚くほどたくさんの感想や応援メッセージが届きまして。売れ行
きも、氷高が見たことないほどに好調で。
多くの読者の皆さまに楽しんでもらえることが、続きを期待してもらえているというこ
とが、ただただ嬉しくて――二巻をさらに面白く仕上げる、大きな力となりました！

皆さまの応援を原動力に完成させた二巻は、一巻以上に結花《ゆうか》の可愛さを詰め込めたと自負しております。

学校では無表情で塩対応。声優としては明るくて、元気いっぱい。そして家では——ひたすらに甘えてくる、無邪気なかまってちゃん。

場面によって様々な魅力を見せる、結花の可愛いしかないところを、存分に味わっていただければと思います。

また二巻では、陽キャなギャルこと二原桃乃《にはらももの》も、話に絡《から》んで参ります。これまでの陽キャなギャルとは異なる、彼女の別な側面——ぜひ楽しんでもらえると嬉しいです！

それでは謝辞になります。

たん旦《たん》さま。今回はとにかく表紙が素晴らしすぎて……最初に見たときは言葉も出ないほどでした。すべてのイラストが、氷高が想定していた以上に可愛いしかなくて、結花の魅力が数十倍にも膨らんだと感じております。本当にありがとうございます！

担当Tさま。一巻に引き続き、『じみかわ』をプロデュースしてくださり、ありがとうございます。様々なご尽力をいただいて、本作がたくさんの方に届いたと思っております。

今後ともどうぞ、よろしくお願いします。

本作の出版・発売に関わってくださったすべての皆さま。

創作関係で繋《つな》がりのある皆さま。

友人・先輩・後輩諸氏。家族。

たくさんの皆さまに支えられて、こうして本作をお届けすることができていると思っております。

『月刊コミックアライブ』様におかれましては、コミカライズを企画してくださって、誠にありがとうございます。今からコミック版の『じみかわ』が楽しみで仕方ないです！

最後に——読者の皆さま。

本作を応援していただき、二巻を面白く仕上げるための力をくださり、本当にありがとうございます。

小説にコミカライズにと、ますます盛り上がっていくであろう『じみかわ』……今後とも楽しんでいただけましたら幸いです。

本作が少しでも、皆さまの笑顔に繋がりますように。

氷高　悠

お便りはこちらまで

〒一〇二－八一七七
ファンタジア文庫編集部気付
氷高悠（様）宛
たん旦（様）宛

富士見ファンタジア文庫

【朗報《ろうほう》】俺《おれ》の許嫁《いいなずけ》になった地味子《じみこ》、家《いえ》では可愛《かわい》いしかない。2

令和３年５月20日　初版発行
令和３年７月30日　３版発行

著者――氷高《ひだか》 悠《ゆう》

発行者――青柳昌行

発　行――株式会社KADOKAWA
〒102-8177
東京都千代田区富士見2-13-3
0570-002-301（ナビダイヤル）

印刷所――株式会社暁印刷

製本所――本間製本株式会社

ISBN978-4-04-074152-9 C0193　◇◇◇

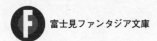

切り拓け！キミだけの王道
ファンタジア大賞
原稿募集中！
賞金
《大賞》300万円
《金賞》50万円
《銀賞》30万円
選考委員
細音啓「キミと僕の最後の戦場、あるいは世界が始まる聖戦」
橘公司「デート・ア・ライブ」
羊太郎「ロクでなし魔術講師と禁忌教典《アカシックレコード》」
ファンタジア文庫編集長
前期締切 8月末日
後期締切 2月末日
公式サイトはこちら！ https://www.fantasiataisho.com/
イラスト／つなこ、猫鍋蒼、三嶋くろね